高等教育自学考试中英合作商务管理专业与金融管理专业

《会 计 学》

考试指导与模拟试卷

《会计学》模拟试卷编写组 编

北 京 大 学 出 版 社

北 京

图书在版编目(CIP)数据

《会计学》考试指导与模拟试卷/《会计学》模拟试卷编写组编.
—北京:北京大学出版社,2000.12
高等教育自学考试中英合作商务管理、金融管理专业用
ISBN 978-7-301-04800-9

Ⅰ.会…　Ⅱ.会…　Ⅲ.会计学-高等教育-自学考试-试题
Ⅳ.F230-44

中国版本图书馆 CIP 数据核字(2000)第 79532 号

书　　　　名:《会计学》考试指导与模拟试卷
著作责任者:《会计学》模拟试卷编写组
责 任 编 辑:兰永宏
标 准 书 号:ISBN 978-7-301-04800-9/F·0382
出　版　者:北京大学出版社
地　　　　址:北京市海淀区成府路 205 号　100871
网　　　　址:http://www.pup.cn
电　　　　话:邮购部 62752015　发行部 62750672　编辑部 62752926
　　　　　　出版部 62754962
电 子 邮 箱:em@pup.pku.edu.cn
印　刷　者:北京飞达印刷有限责任公司
发　行　者:北京大学出版社
经　销　者:新华书店
　　　　　　850 毫米×1168 毫米　32 开本　7 印张　170 千字
　　　　　　2000 年 12 月第 1 版　2007 年 7 月第 7 次印刷
定　　价:11.00 元

内 容 提 要

本书收录了高等教育自学考试中英合作商务管理专业与金融管理专业必修课《会计学》的考试模拟样卷及参考答案共 12 套，每套模拟样卷均给出案例，要求读者根据所学知识对案例提出的问题进行分析、解答。模拟样卷包括必答题与选答题两大部分。答案中除给出问题的解答外，还给出每题的判分标准。本书实用性、针对性强，自学考试的读者阅读本书可以达到综合复习和应试的目的。

目　　录

高等教育自学考试中英合作商务管理专业与金融管理专业

《会计学》样卷 No.1

（考试时间 150 分钟,满分 100 分）

注 意 事 项

1. 样卷试题包括必答题与选答题两部分,必答题满分 60 分,选答题满分 40 分。必答题为一、二、三题,每题 20 分。选答题为四、五、六、七题,每题 20 分,任选两题回答,不得多选,多选者整个选答题部分不给分。60 分为及格线。

2. 考试时间为 150 分钟。

3. 可使用计算器及直尺等文具答题。

4. 计算题应写出公式、计算过程,结果保留 2 位小数(除特别注明外)。

题号	必答题			选答题				总分
	一	二	三	四	五	六	七	
得分								

第一部分 必答题(满分 60 分)

(必答题部分包括第一、二、三题,每题 20 分)

得分	评卷人

一、本题包括 1—20 题二十个小题。每小题 1 分,共 20 分。在每小题给出的四个选项中,只有一项符合题目要求,把所选项前的字母填在题后的括号内。

1. 下列项目中不包括在资产负债表中的是

    A. 长期资产　B. 销售收入　C. 应付账款　D. 短期投资

                                   【　　】

2. A 企业 19×7 年 6 月 25 日支付下期汽车保险费,该费用依据费用的划分类别属于下列哪一项?

    A. 当年的成本是当年的费用

    B. 当年的成本核算作为后年度的费用

    C. 当前年度的成本全部作为当年的费用

    D. 当前年度的成本部分作为当年费用

                                   【　　】

3. 下列账户中,有贷方余额的是

    A. 销货退回账户　　　　　　B. 购货退回账户

    C. 提款账户　　　　　　　　D. 费用账户

                                   【　　】

4. 已知百斯特公司本年度销售收入 160000 英镑,期初存货 20000 英镑,本期购入存货 150000 英镑,期末存货 35000 英镑,则百斯特公司本年度销售毛利为

    A. 10000 英镑　　　　　　　B. 25000 英镑

    C. 35000 英镑　　　　　　　D. 45000 英镑

                                   【　　】

5. 历史成本制度下存货的估价与列报中对存货有特定含义,下列不包括在内的是
   A. 正常营业过程中置存以便出售的
   B. 为了购置而处在运输过程中的
   C. 为了出售而处在生产过程中的
   D. 在生产供销售的商品或服务的过程中消耗的
   【   】

6. 下列各比率中属于与资产运用有关的比率是
   A. 流动比率   B. 资金回报率
   C. 银行透支周转率   D. 借款净值率
   【   】

7. 已知 T·波特公司 19××年年末销售收入为£30000,年初应收账款余额为£2000,年末应收账款余额为£4000,请计算该公司应收账款的周转天数(一年按 360 天计算)
   A. 60 天   B. 30 天   C. 36 天   D. 75 天
   【   】

8. 下列各项中,适用于划分各期间收入和费用的原则是
   A. 一致性   B. 持续经营
   C. 配比   D. 应计制(权责发生制)
   【   】

9. 已知斯通公司购入 Safeway 公司原材料£12000,开出支票支付货款,借记 Safeway 公司账户,属于
   A. 记录正确   B. 替代之错
   C. 原则之错   D. 相反记录之错
   【   】

10. 已知斯通公司本年度利润£60000,应付款项减少了£5000,应收款项增加了£6000,存货减少了£13000,折旧费用是£4500,则经营活动现金净流量是
    A. £76800   B. £66500   C. £40500   D. £58500

3

11.下列报表使用者中,对公司效率予以特别关注的一方是
    A. 潜在投资者　　　　　　　B. 债权人
    C. 债务人　　　　　　　　　D. 经理层

12.已知 A·阿伦公司本年度经营活动现金净流量是￡92000,本
    年度利润是￡68000,应收款项减少了￡5000,折旧费用是
    ￡1000,存货减少了￡20000,则应付款项的变化是(假设该公
    司只有上述项目的变化影响经营活动现金净流量)
    A. 增加了￡2000　　　　　　B. 减少了￡2000
    C. 增加了￡1000　　　　　　D. 减少了￡1000

13.已知威尔逊公司标准成本卡上某一材料标准单价是￡4/kg,
    标准用量是 20 kg,上月实际产量 200 件,实际耗用该材料
    9000 kg,实际单价￡3.8/kg,请计算直接材料价格差异
    A. −￡1800　B. −￡12000　C. ￡1800　　D. ￡2400

14.威尔逊公司属制造企业,下列数据是公司对产品相关情况的一
    些预计:
        单位售价:　　　　　￡160
        单位变动成本:　　　￡90
        固定成本总额:　　　￡3200
    请计算利润为￡1700 时的销量
    A. 50 件　　B. 60 件　　　C. 70 件　　　D. 90 件

15.成本按其性态分为
    A. 标准成本和差异成本　　　B. 标准成本和固定成本
    C. 标准成本和变动成本　　　D. 变动成本和固定成本

16. 已知某材料的购置成本是￡15000,其变现价值是￡10200,现该类材料的市价是￡16800,如果此材料不用于本项目已无其他用途,则该材料用于本项目的机会成本是

    A. ￡15000   B. ￡10200   C. ￡16800   D. 0

【   】

17. 企业由于人工不足而失去的收益,被描述为

    A. 资源限制成本   B. 内部成本

    C. 外部成本   D. 差别成本

【   】

18. 下列关于人工不足而失去的收益,被描述为

    A. 利润预算是按照现金制会计编制的

    B. 利润预算中的材料成本指材料采购的付现成本

    C. 利润预算中的材料成本指所有材料采购成本

    D. 折旧费用应该计入利润预算中

【   】

19. 已知星达公司投资项目总成本为￡60000,预计使用年限 5 年,提取折旧后的全部利润总额为￡13000,请计算该公司会计收益率

    A. 20%   B. 21.67%   C. 20.33%   D. 19.67%

【   】

20. 下列投资方案评价方法中,采用权责发生制会计基础的是

    A. 净现值法   B. 会计收益率法

    C. 内含收益率法   D. 动态回收期法

【   】

请认真阅读下面的案例,然后回答第二、三题。

案例(纯属虚构)

    John 和 Kate 是一对好兄妹,他们二人大学毕业后决定开一家合伙企业。经过深入市场调查后,二人一致决定搞礼品制作,送货上门,并给公司起了一个好听的名子为 Flower Home。于是二人

5

紧锣密鼓,筹备公司开办事宜。首先,要解决资金问题,父亲 Smith 为企业投入£30000,委托二人进行管理,John 出资£20000,Kate 出资£10000。此外,二人又从好朋友琼斯处借到£23000,并承诺三年后一次还本付息,所有资金均存入企业开立的银行账户。

款项到位后,二人决定由 John 去购进三辆货运车,每辆 £4000;Kate 去丹托公司赊购一台机器设备,购价£12000;又从波特公司购入一批原材料,价款£1000。此时,企业开始显得人手不足,Kate 去人才市场招聘了一名员工,第二天上班。同时,把暂时闲置的一辆货运车赊销给波特公司。

这样,经过紧张的准备后,Flower Home 开始正式挂牌营业了。

得分	评卷人

二、本题包括 21—24 题四个小题,共 20 分。

21.给出资产、负债、所有者权益的定义(6分)

得分	

22.本案例中涉及到资产、负债、所有者权益的项目各包括哪些?
(5分)

得分	

23.说明你对招聘员工业务的处理意见。(3分)

得分	

24.推断可能对你编制的资产负债表特别感兴趣的两组人,列出他们各自感兴趣的原因及内容。(6分)

三、本题包括 25—26 题两个小题,共 20 分。

25.编制本月月末的资产负债表。(12分)

26.编制本月月末的试算平衡表。(8分)

第二部分　选答题（满分 40 分）

（选答题部分包括第四、五、六、七题,每题 20 分,任选两题回答,不得多选,多选者整个选答题部分不给分）

得分	评卷人

四、本题包括 27—28 题两个小题,共 20 分。

27. 简述管理会计与财务会计的关系。（12 分）

得分	

28. 简述会计信息使用者及其需要。（8 分）

得分	

得分	评卷人

五、本题包括 29—30 题两个小题,共 20 分。

29. 列举两种不考虑货币时间价值的静态评价方法,并作出评价。（10 分）

得分	

30.列举两种折现的现金流量法,解释其含义,并总结其总体特征。
（10分）

六、本题包括 31—32 题两个小题,共 20 分。

31.请解释直接材料成本差异,并分析其形成的原因。（10分）

32.请解释直接人工差异,并分析其形成的原因。（10分）

七、本题包括 33—34 题两个小题,共 20 分。

33.列举两个偿债能力比率和三个盈力能力比率并对其作出定义。
（10分）

34. 谈谈合伙企业的年末会计处理。（10分）

得分	

参考答案和评分标准 No.1

一、本题包括 1—20 题二十个小题,每小题 1 分,共 20 分。

1. B	2. D	3. B	4. B	5. B
6. B	7. C	8. D	9. D	10. B
11. A	12. A	13. A	14. C	15. D
16. B	17. B	18. D	19. B	20. B

二、本题包括 21—24 题四个小题,共 20 分。

21. 本题满分 6 分

资产:现在或未来可用货币单位计量的经济利益或服务潜力的具体化。作为经济活动的结果归于企业,而且企业对其的享有受到法律的保护。(2 分)

负债:企业由过去事项产生的现有债务,其清偿会造成企业资源的流出。(2 分)

所有者权益:是企业所有者对企业资产的剩余要求。(2 分)

22. 本题满分 5 分

资产项目:固定资产:厂房、货车、机器设备;(1 分)
　　　　　流动资产:应收账款、银行存款。(1 分)。

负债项目:流动负债:应付账款;(1 分)
　　　　　长期负债:长期借款。(1 分)

所有者权益项目:股本。(1 分)

23. 本题满分 3 分

根据资产和负债的定义可把招聘员工业务排除在外,或者根据应计制(权责发生制)或配比原则判断。(1 分)

一个员工确实能给企业带来未来的经济利益,原则上是一项资

11

产,但合理客观地计量这种收益是不可能的。因此,在资产负债表上,员工就不可能被确认为一项资产。(2分)

24. 本题满分 6 分。
最感兴趣的人应该是股东和债权人。(2分)
Smith、John 和 Kate 作为股东对企业作了投资;琼斯公司贷给了企业三年期的贷款￡23000。(2分)
股东关心企业的盈利能力、管理绩效、股票业绩、未来展望等;债权人对盈利能力、流动性、安全性、负债感兴趣。(2分)

三、本题包括 25—26 题两个小题,共 20 分。

25. 本题满分 12 分

Safeway 公司资产负债表		3 月 31 日
固定资产		
厂房		￡28000
机器设备		￡12000
货运车		￡8000
		￡48000
流动资产		
应收账款	￡4000	
银行存款	￡45000	
	￡49000	
流动负债		
应付账款	￡12000	
长期负债		￡37000
		￡85000
借款三年到期		￡23000
股本		￡62000
		￡62000

26. 本题满分 8 分

Safeway 公司试算平衡表　　　　　3 月 31 日

	借方（英镑）	贷方（英镑）
银行存款	45000	
应收账款	4000	
机器设备	12000	
货运车	8000	
厂房	28000	
应付账款		12000
借款		23000
股本		62000
	97000	97000

四、本题包括 27—28 题两个小题,共 20 分。

27. 本题满分 12 分。

二者的区别:

(1) 在服务对象方面:财务会计侧重外向服务;管理会计侧重内部服务。(1 分)

(2) 在主要依据方面:财务会计必须有严格的规范和依据;管理会计不受公认会计准则或会计制度的约束。(1 分)

(3) 在信息的类型方面:财务会计要求提供客观的、可靠的信息;管理会计提供的信息可能精确性差一些。(1 分)

(4) 在时间范围方面:财务会计面向过去;管理会计面向未来。(1 分)

(5) 在报告范围方面:财务会计提供报告资料是企业总括性的资料;管理会计提供的报告资料是详细资料。(1 分)

(6) 在计算方法方面:财务会计运用的数字方法简单;管理会计运用许多现代数学方法。(1 分)

二者的联系:

(1) 在服务对象方面:财务会计侧重于对外服务,同时也对内服务;管理会计侧重于对内服务,同时也对外服务。(2分)

(2) 在资料取得方面:财务会计信息既为外部使用,也为内部使用。(2分)

(3) 在职能作用方面:财务会计和管理会计基本相同。(2分)

28. 本题满分 8 分。

(1) 内部使用者包括经理和员工:

经理需要会计信息是为了管理、计划、决策和控制。(1分)

员工会对长期盈利性、流动性、与其他企业的比较及用于工资谈判的信息感兴趣。(1分)

(2) 外部使用者包括股东、债权人、分析者、贸易伙伴、政府及社会公众:

股东:关心盈利能力、管理绩效、股票业绩和未来展望。(1分)

债权人:对盈利能力、流动性、安全性的负债感兴趣。(1分)

分析者:对业绩和盈利能力、前景感兴趣。(1分)

贸易伙伴:对效率、流动性和企业前景感兴趣。(1分)

政府:对企业利润感兴趣。(1分)

社会公众:对企业的社会效益感兴趣。(1分)

五、本题包括 29—30 题两个小题,共 20 分。

29. 本题满分 10 分

不考虑货币时间价值的静态评价方法:

(1) 会计收益率法:是通过计算该项目的预计会计收益率,并与管理当局设定的要求公司的目标会计收益率进行比较的方法。(2分)

会计收益率＝预计平均利润/预计平均投资×100％(1

14

分）

　　对会计收益率法的批评,主要是该方法没有考虑到投资期
　　间获取利润的时间性。（2分）

(2)回收期法:指投资项目通过历年所获取的净现金流量回收
　　该项目初始总投资所需要的时间。（2分）

　　投资回收期法相对较为易懂,计算也较为简单,常用于投
　　资机会的初始评价。（1分）

缺点:

(1)回收期法忽略了收回投资后所产生的现金流入。（1分）

(2)没有考虑货币的时间价值。（1分）

30. 本题满分10分

折现的现金流量法:

(1)内含收益率法:是将投资机会能得到的期望报酬率计算出
　　来,然后与目标报酬率（资金成本）相比较的一种方法。内
　　含报酬率的计算常用方法是逐步测试法。（2分）

(2)净现值法:是将投资机会所产生的所有现金流入和现金流
　　出,按照预定的回报率进行折现而获得现值,并通过比较
　　现金流入流出现值的大小确定投资方案是否可以接受的
　　方法。（2分）

综上所述,折现的现金流量法是一种既考虑了货币的时间价
值,又考虑了项目生命周期中全部现金流量的评价方法。（2
分）

其重要特征是:

第一,现金流量的时间分布在折现现金流量法中被重视起来。
（2分）

第二,投资评价中用的是现金流量,而非权责发生制会计基础
上的成本和收入的概念。在考虑货币的时间价值时,投资的成
本和收益应在实际现金支出和收到现金时进行确认,而不应再

按照会计中的确认基础来考察。（2分）

六、本题包括 31—32 题两个小题，共 20 分

31. 本题满分 10 分

直接材料成本差异即直接材料的实际成本与标准成本之间的差额。（2分）

有以下两种类型：

（1）材料的实际价格脱离标准价格的差异，即材料价格差异；（2分）

（2）材料的实际数量脱离标准数量的差异，即材料耗费差异。（2分）

直接材料成本差异出现的原因：

（1）直接材料价格差异应由采购部门负责：不利的价格差异常常说明，采购部门未能找到合适的原材料和供应商；有利的价格差异可能因为采购了价格便宜、质量低劣的原材料，这往往导致生产出的产品质量不合格或形成浪费。（3分）

（2）直接材料耗费的差异通常由控制用料的生产部门负责。（1分）

32. 本题满分 10 分

直接人工成本差异是指直接人工的实际成本与标准成本之间的差额，直接人工成本差异由人工价格差异和人工数量差异两部分组成。（2分）

（1）直接人工价格差异是由于实际支付的小时工资率脱离预定的标准工资率而形成的差异，又称直接人工工资率差异。（2分）

（2）直接人工数量差异是由于实际耗用的人工工时脱离预定的标准工时而形成的差异，又称人工效率差异。（2分）

直接工人成本差异出现的原因：

(1) 人工工资率差异在多数情况下是由于标准工资率没有跟上实际工资率的变化而产生的。（2分）

(2) 人工效率差异通常由生产负责人控制,其产生的原因也是多方面的。（2分）

七、本题包括 33—34 题两个小题,共 20 分

33. 本题满分 10 分

偿债能力比率：

(1) 流动比率,是流动资产总额除以流动负债总额的商。（2分）

(2) 酸性测试比率(速动比率),是将流动资产扣除存货除以流动负债的比值。（2分）

盈利能力比率：

(1) 销售净利率,是企业净利润除以企业销售额的比值。（2分）

(2) 毛利率,是将企业毛利除以销售额的比值。（2分）

(3) 资金回报率,是将企业所获得的利润(通常是息税前利润)除以取得这一利润所占用的资金(通常为总资产减流动负债)。（2分）

【评分说明】答案不限于以上列举。

34. 本题满分 10 分

合伙制企业的年末会计处理：

(1) 合伙制企业的账户体系设置,除了要分配利润外,与个体贸易商的处理相同。合伙人的资本可能被划分为资本账户和往来账户。

(2) 合伙制企业的年末会计处理,除了所有者权益要按合理的比例在合伙人之间分配外,与个体贸易商的处理类似。

（3）利润分配方案根据合伙协议确定。包括是否支付款资、支付多少，是否支付资本金利息、支付多少以及留存收益如何在合伙人间分配的详细内容。

【评分说明】以上三项全答对者得满分，答对二项者得 6 分，答对一项者得 3 分。

高等教育自学考试中英合作商务管理专业与金融管理专业

《会计学》样卷 No. 2

（考试时间 150 分钟，满分 100 分）

注 意 事 项

1. 样卷试题包括必答题与选答题两部分，必答题满分 60 分，选答题满分 40 分。必答题为一、二、三题，每题 20 分。选答题为四、五、六、七题，每题 20 分，任选两题回答，不得多选，多选者整个选答题部分不给分。60 分为及格线。

2. 考试时间为 150 分钟。

3. 可使用计算器及直尺等文具答题。

4. 计算题应写出公式、计算过程，结果保留 2 位小数（除特别注明外）。

题号	必答题			选答题				总分
	一	二	三	四	五	六	七	
得分								

第一部分 必答题（满分60分）

（必答题部分包括第一、二、三题，每题20分）

得分	评卷人

一、本题包括1—20题二十个小题。每小题1分，共20分。在每小题给出的四个选项中，只有一项符合题目要求，把所选项前的字母填在题后的括号内。

1. 作为企业的债权人对企业的关心主要侧重于
   A. 关心企业的盈利能力、管理绩效、股票业绩、未来展望
   B. 对业绩、盈利能力、前景感兴趣
   C. 对效率、流动性和企业前景感兴趣
   D. 对盈利能力、流动性、安全性、负债感兴趣

   【   】

2. 下列各式中，对利润表和资产负债都有影响的是
   A. 收入－费用＝利润
   B. 资产－负债＝所有者权益
   C. 已销存货＝期初存货＋本期购货－期末存货
   D. 购买数量＝生产用量＋期末数量－期初数量

   【   】

3. 下列错误中，能够通过试算平衡表查找的有
   A. 重记经济业务   B. 漏记经济业务
   C. 借贷金额不等   D. 借贷方向相反

   【   】

4. 丹托公司按照年末冲销了已知坏账后债权的3%计提可疑债务准备。已知19×6年度末可疑债务准备为1500英镑，又知19×7年度，债权为90000英镑，19×8年度债权为60000英镑，丹托公司计算19×8年度末补提的可疑债务准备，其账户处理为

20

A. 借记损益账户900英镑,贷记损益账户900英镑

B. 借记准备账户900英镑,贷记损益账户900英镑

C. 借记损益账户300英镑,贷记准备账户300英镑

D. 借记准备账户300英镑,贷记损益账户300英镑

【　　】

5. 英国会计准则SSAP9规定:成本是在企业正常经营过程中为使产品或劳务达到其现在的位置和状态所发生的各项支出,下列各项不包括在此成本范围内的是

A. 购置成本　　B. 管理费用　　C. 制造费用　　D. 直接人工

【　　】

6. 下列各比率中,属于与盈利能力有关的比率是

A. 成本费用率

B. 酸性测试比率(速动比率)

C. 资产周转率

D. 资产净值率

【　　】

7. 下列各会计要素中,不属于反映企业财务状况的是

A. 资产

B. 负债

C. 所有者权益

D. 利润

【　　】

8. 下列各项中,体现稳健性要求的是

A. 存货采用历史成本计价

B. 固定资产计提折旧

C. 对应收账款计提坏账准备

D. 合理确定收入、费用的归属期间

【　　】

9. 斯通公司以银行存款购进一台机器设备,花费£12000,借记了采购账户,属于下列

A. 替代之错

B. 原则之错

C. 抵销之错

D. 原始记录之错

【　　】

10. 下列原因中,不能造成现金日记账和银行对账单的差异的是
   A. 差错
   B. 银行尚未入账的款项
   C. 企业未兑现支票
   D. 企业透支存款
   【   】

11. 根据英国会计准则关于存货和长期合约的解释,请判断下列各项中不包括在转换成本范围内的是
   A. 采购成本
   B. 直接工人
   C. 生产间接费用
   D. 其他有助于形成产品或服务现在状态的间接费用
   【   】

12. 已知L·波特公司本年度利润是￡32000,应付款项减少了￡3000,存货增加了￡5000,折旧费用是￡2000,经测算该年度经营活动现金净流量是￡25000,则应收款项的变化是(假设该公司只有上述项目变化影响经营活动现金净流量)
   A. 应收款项减少了￡7000
   B. 应收款项增加了￡7000
   C. 应收款项减少了￡1000
   D. 应收款项增加了￡1000
   【   】

13. 已知威尔逊公司标准成本卡上某一材料标准单价是￡4/kg,标准用量是 20 kg,上月实际产量 200 件,实际耗用该材料9000 kg,实际单价￡3.8/kg,请计算直接材料耗费差异
   A. −￡1800   B. −￡12000   C. ￡1800   D. ￡2400
   【   】

14. 丹托公司属制造企业,下列数据是公司对相关情况的一些预计:

   预计获利: ￡2000
   单位变动成本: ￡40
   固定成本总额: ￡3600
   请计算销量为 100 件时的售价

22

A. ￡88　　　B. ￡96　　　C. ￡56　　　D. ￡62

【　　】

15. 在成本差异分析中,材料耗费类似于
    A. 人工工资率差异　　　　　B. 人工效率差异
    C. 材料价格差异　　　　　　D. 直接人工成本差异

【　　】

16. 已知某公司生产 A 产品的月销售收入是￡16800,该月固定成本是￡3800,变动成本是固定成本的 2 倍,请计算该月 A 产品的边际贡献
    A. ￡5700　　　B. ￡5500　　　C. ￡9200　　　D. ￡13100

【　　】

17. 威尔逊公司生产 A、B 两种产品,某月有关资料如下:

(单位:英镑)

产品	A	B
外购的单位成本	26	32
自制的单位变动成本	20	24
生产或购买数量	1000	1200
购买节约的固定成本	4000	10000

若 A、B 两种产品停产后设备出租,每个月可获租金收入￡2000,请帮该公司作出决策
    A. B 产品自制　　　　　　B. A 产品自制
    C. A 产品外购　　　　　　D. A、B 产品都外购

【　　】

18. 在生产量预算中,已知期初存货￡2200,期末存货￡3800,本期销量￡8200,则本期生产量为
    A. ￡6600　　　B. ￡9800　　　C. ￡2200　　　D. ￡11000

【　　】

19. 已知沃尔公司投资项目总成本为￡100000,预计使用年限 4 年,若预计会计收益率为 15%,则该公司全部利润总额应为

23

A. £32500　　B. £22500　　C. £15000　　D. £12500

【　　】

20. 下列投资方案评价方法中,不重视现金流量的时间分布的方法是

A. 动态回收期法　　　　B. 会计收益率法

C. 净现值法　　　　　　D. 内含收益法

【　　】

请认真阅读下面的案例,然后回答第二、三题。

案例(纯属虚构)

Bob 开了一家五金商品零售店,这是他从军队退役后从事的第一项工作。几年的军旅生涯使他增强了做事的勇气和信心,在 Bob 的努力经营下,商店的业务进展得还算顺利。

商店是 1 月初开始营业的,转眼已经到三月底了,于是 Bob 根据流水账清算了一下账目:共计完成商品采购为 £496235,给员工的工资支出为 £152660,运输费用为 £42680,租金及保险费为 £36430,共计完成销售收入 £1680786

Bob 又对本月的存货收发进行了清点,上月末存货为 1200件,每件单价是 £12;本月月初购进 4000 件,购入单价为 £13;本月中旬购进 3000 件,其中 2000 件的购进单价为 £14,1000 件的购进单价为 £15;本月共售出 5200 件,售出价为 £22。

Bob 从未学过会计知识,下列相关会计业务请你代他处理。

得分	评卷人

二、本题包括 21—24 题四个小题,共 20 分。

21. 存货的特征是什么?一般包括的范围是什么?(4 分)

得分	

24

22. 对期末存货的计价目通常采用的方法是什么？（2分）

23. 存货的记录方法是什么？其特点是什么？（5分）

24. 若采用先进先出法、后进先出法和加权平均法计价，分别计算期末存货的价值。（9分）

三、本题包括 25—26 两个小题，共 20 分

25. 根据 24 题先进先出法下期末存货的价值，计算销售成本，并按《公司法》的类目对列出的各项费用进行分配。（12分）
假设全部采购成本可认为是销售成本的一部分，所有其他成本应分配 50% 作销售成本，30% 作为销售及摊销费用，20% 作为管理费用。

26. 根据上题结果，编制损益表。（8分）

第二部分　选答题(满分 40 分)

(选答题部分包括第四、五、六、七题,每题 20 分。任选两题回答。不得多选,多选者整个选答题部分不给分)

得分	评卷人

四、本题包括 27—28 两个小题,共 20 分。

27. 收入的实现原则是什么?指出下列时点中,现销与赊销确认的时点。造船商收入确认的时点是哪个时点?(10 分)

时点 1 ──→时点 2 ──→时点 3 ──→时点 4 ──→时点 5
投入　　　生产　　　产成品　　商品销售　收到现金

得分	

28. 什么是费用?费用的确认有几种情况?(10 分)

得分	

得分	评卷人

五、本题包括 29—30 题两个小题,共 20 分。

29. 请解释复式记账原则的含义,并列举出利用复式记账原理可查找的三类错误以及不能查出的五类错误。(14 分)

得分	

30. 编制试算平衡表的目的是什么?该表的借贷方余额各包括哪些
    类型的账户?（6分）

六、本题包括 31—32 题两个小题,共 20 分。

31. 试述成本的类型,分别解释其含义。（8分）

32. 试述完全成本法下,间接费用分配的步骤及分配的意义。（12
    分）

七、本题包括 33—34 题两个小题,共 20 分。

33. 谈谈你对财务风险的认识及财务分析的因素。（8分）

34. 列举两个效率比率和三个资本结构比率。(12 分)

得分	

参考答案和评分标准 No. 2

一、本题包括 1—20 题二十个小题。每小题 1 分,共 20 分。

 1. D 　　 2. C 　　 3. C 　　 4. B 　　 5. B

 6. A 　　 7. D 　　 8. C 　　 9. A 　　 10. D

 11. A 　　 12. B 　　 13. B 　　 14. B 　　 15. B

 16. C 　　 17. D 　　 18. B 　　 19. C 　　 20. B

二、本题包括 21—24 题四个小题,共 20 分。

21. 本题满分 4 分

存货的特征是持有存货的目的在于将其以某种形式再次销售或在相对短的时间内将其消耗(2 分)

存货一般包括:货物、原材料、可消费的货物(2 分)

22. 本题满分 2 分

对期末存货的计价采用成本与可变现价值孰低法。(2 分)

23. 本题满分 5 分

存货的记录方法:永续盘存制和实地盘存制(1 分)

永续盘存制的特点:对存货逐日登记,在任何时间均可了解到企业存货的数量,便于对存货进行日常控制。(2 分)

实地盘存制的特点:在期末或年末对存货进行实地盘点,确定期末存货数量,然后根据存货单位成本确认期末存货成本。(2 分)

24. 本题满分 9 分

期末存货数量:1200+4000+3000-5200=3000 件(1 分)

(1)先进先出法

售出存货(上月存货 1200 件＋3 月 5 日进货 4000 件)(1分)

期末存货价值:(2000×14＋1000×15)＝£43000(2分)

(2) 后进先出法

售出存货(3 月 15 日进货 1000 件＋3 月 12 日进货 2000件＋3 月 5 日进货 4000 件)(1分)

期末存货价值:(1200×12)＋(1800×13)＝£37800(2分)

(3) 加权平均法

期末存货价值:3000×(1200×12＋4000×13＋2000×14＋1000×15)/(1200＋4000＋2000＋1000)＝3000×13.34＝40020(2分)

三、本题包括 25—26 两个小题,共 20 分

25. 本题满分 12 分

销售成本:496,235－43000＝£453,235(1分)

费用分配:

	销售成本	销售费用	管理费用
销售成本	£453,235		
工资支出		£45,798	£30,532
运输费	£21,340	£12,804	
租金和保险费	£18,215	£10,929	£7,286
	£492,790	£69,531	£37,818

26. 本题满分 8 分

零售店损益表

销售收入	£680,786
销售成本	£492,790
销售毛利	£187,996

销售和分摊费用   ￡69,531
管理费用   ￡37,818
净利润   ￡80,647

四、本题包括 27—28 题两个小题,共 20 分。

27. 本题满分 10 分
    (1) 收入的实现原则指收入只应在下列时间确认:
        ① 形成收入的过程实质上已完成时;(2分)
        ② 能够合理确定产品和劳务的应收款项。(2分)
    (2) 现销应在时点 5 确认;赊销应在时点 4 确认。(4分)
    (3) 造船商收入的确认时点为时点 2。(2分)

28. 本题满分 10 分
    (1) 费用是已耗成本,即从一个会计期间中取得所有利益的成本。(2分)
    (2) 费用的确认情况:
        ① 当年的成本就是当年的费用。(2分)
        ② 以前年度的成本成为当年的费用,有两种情况:
        A:全部作为当年费用,如年末的商品存货;(2分)
        B:部分作为当年费用,如耐用消费品。(2分)
        ③ 当年成本作为以后年度的费用,如汽车的税费、保险费等。(2分)

五、本题包括 29—30 题两个小题,共 20 分。

29. 本题满分 14 分。
    复式记账原则:是会计所依据的复式簿记系统的基础,其含义是每笔交易都要在方向相反、金额相等的两方同时登记。(1分)
    利用复式记账原理可查找的三类错误:

（1）单纯的记录错误；(1分)

（2）错误的复式记账；(1分)

（3）加减和变换错误。(1分)

不能查出的五类错误有：

（1）疏漏之错。当一项经济业务的两个方面均未在分类账户中进行登记时,就形成此类错误。

（2）替代之错。当经济业务的一方面登记在错误的账户上,就形成此类错误。

（3）原则之错。此类错误与替代之错相似,但在此类错误中,正确的账户和错误的账户不属于同一账户。

（4）抵销之错。此类错误是指两项错误相互抵销的差错。

（5）原始记录之错。此类错误是指一笔业务的借方和贷方的,数字相同,但却与实际业务不符的错误。

（6）相反记录之错。此类错误为业务记录借贷方相反之错。

【评分说明】(1)—(6)各2分,答出其中任意5点即可。

30. 本题满分6分

编制试算平衡表的目的是：为了帮助提供信息,首先应该尽可能地保证分类账账户登记的准确性。(2分)

有借方余额的账户,主要是资产和费用,也包括提款和销货退回账户(2分)

有贷方余额的账户：主要是收入、负债和所有者权益,也包括购货退回账户。(2分)

六、本题包括 31—32 题两个小题。

31. 本题满分10分

（1）直接成本和间接成本

直接成本：指与某一生产单位有着明显联系的成本。(2分)

间接成本:指与生产单位没有明显关系的成本,是为生产不同类产品共同发生的成本。(2分)

(2) 固定成本与变动成本

固定成本:指成本总额在一定时期和一定业务量范围内,不受业务量增减变动影响而能保持不变的成本。(2分)

变动成本:指成本总额随业务量的变动而成比例变动的成本。(2分)

【评分说明】考生只分类、未解释的给1—4分;分别解释出四种类别的给5—8分。

32. 本题满分 12 分

完全成本法对间接费用的分配,通常要经过三个步骤:

第一步,辨认和归集与产成本中心和服务成本中心相关的间接生产费用。(2分)

第二步,每个服务中心的间接生产费用分配和归集完毕后,再将这些成本分配到生产成本中心。(2分)

第三步,再次选择公平的分配基础,将间接生产费用分配到生产单位。通常使用一个间接生产费用分配率来进行。(2分)

分配间接生产费用的意义:

(1) 间接生产费用的分配是确定应记入产品批别、步骤的间接生产费用的基础;(2分)

(2) 间接生产费用分配率作为一个近似的比率,能够在全部生产完工之前,及时将间接生产费用分配到每项产品,提高了成本计算的时效性;(2分)

(3) 间接生产费用的分配,为编制将成本结转到在产品存货账户的会计分录提供了前提。(2分)

七、本题包括 33—34 题两个小题,共 20 分。

33. 本题满分 8 分

34

财务风险可归纳如下：

(1) 财务风险包括短期和长期偿债能力。

(2) 其要求和标准依行业不同而有很大区别。

财务分析的因素有：

(1) 企业的规模；

(2) 企业的风险；

(3) 经济、社会和政治环境；

(4) 产业发展趋势、技术革命的影响；

(5) 价格变动的影响。

【评分说明】考生对财务风险有一定的认识，得1—3分；考生对财务分析的因素认识正确，每答出一项得1分，满分5分。

34. 本题满分12分

效率比率有：

(1) 资产周转率：将销售收入除以总资产减流动负债的余额的比值。资产周转率衡量的是企业运用资产创造收入的效率。（2分）

(2) 存货周转率：用销售额除以平均存货价值得到存货周转次数，用365天除以存货周转次数得到存货周转天数。（2分）

(3) 应收账款周转率：用销售额除以应收账款余额，得到应收账款周转次数，用365天除以应收账款周转次数得到应收账款周转天数。（2分）

资本结构比率：

(1) 资产净值率：长期资产与流动资产的总额中通过净值（所有者权益总额，即股本加留存收益）融资取得部分的比率。（2分）

(2) 负债率：将负债总额除以资产总额，它涉及的是企业在其所有负债到期时是否有足够的资产偿付的问题。（2分）

（3）借款净值率：说明借款占净值（所有者权益总额，即股本加留存收益）的百分比。衡量的是企业普通股股东的风险程度。（2分）

高等教育自学考试中英合作商务管理专业与金融管理专业

《会计学》样卷 No. 3

（考试时间 150 分钟，满分 100 分）

注 意 事 项

1. 样卷试题包括必答题与选答题两部分，必答题满分 60 分，选答题满分 40 分。必答题为一、二、三题，每题 20 分。选答题为四、五、六、七题，每题 20 分，任选两题回答，不得多选，多选者整个选答题部分不给分。60 分为及格线。

2. 考试时间为 150 分钟。

3. 可使用计算器及直尺等文具答题。

4. 计算题应写出公式、计算过程，结果保留 2 位小数（除特别注明外）。

题号	必答题			选答题				总分
	一	二	三	四	五	六	七	
得分								

第一部分 必答题(满分60分)

(必答题部分包括第一、二、三题,每题20分)

<table>
<tr><td>得分</td><td>评卷人</td></tr>
<tr><td></td><td></td></tr>
</table>

一、本题包括1—20题二十个小题。每小题1分,共20分。在每小题给出的四个选项中,只有一项符合题目要求,把所选项前的字母填在题后的括号内。

1. 对银行家的调查表明,银行家与客户的个人会谈同会计信息一样重要,从另一方面表明了会计信息
   A. 不精确性
   B. 不符合银行家的要求
   C. 只是制定"有效"决策信息的一种
   D. 在物价变动时期,会计资料没有任何价值
   【   】

2. 请选出下列对资产负债表项目和利润表项目均有影响的业务
   A. 以现金3000英镑购入一批存货
   B. 从银行提取现金12000英镑,备发工资。
   C. 发放管理人员工资12000英镑
   D. 取得银行借款8000英镑
   【   】

3. 斯通公司向L·博顿赊销3000英镑货物,该项经济业务使斯通公司
   A. 资产和负债同时增加3000英镑
   B. 资产和收入同时增加3000英镑
   C. 负债和收入同时增加3000英镑
   D. 收入增加3000英镑,负债减少3000英镑
   【   】

4. 企业期末存货不应包括的内容是

    A. 货物   B. 原材料

    C. 用于生产的机器设备   D. 可消费的货物

                                                  【　　】

5. 对于应计折旧资产使用年限的估计,不必考虑的要素是

    A. 预计有形磨损

    B. 预计无形磨损

    C. 陈废

    D. 法律或其他方面对资产使用年限的限制

                                                    【　　】

6. 斯通公司是一个小型零售公司,该公司销售净利率为 10%,公司本年度销售额为 400000 英镑,净利为 40000 英镑,其资产总额为 500000 英镑,请应用以上数据计算该公司本年度资金回报率

    A. 6%   B. 8%   C. 10%   D. 5%

                                                    【　　】

7. 企业取得收入时,不受影响的会计要素有

    A. 资产   B. 负债

    C. 所有者权益

                                                  【　　】

8. 在会计核算的概念与假设中,确定会计核算的空间范围和界限的是

    A. 会计分期   B. 货币计量   C. 持续经营   D. 会计主体

                                                    【　　】

9. 斯通公司销售账户多列£1200,购货退回账户少列£100,属于下列

    A. 替代之错   B. 抵销之错

    C. 相反记录之错   D. 原始记录之错

                                                      【　　】

10. 下列关于利润与经营活动现金流量的说法不正确的是
    A. 年度内应收款项增加的金额,从利润中减去,能得到经营活动现金净流量
    B. 本年度内应付款项减少的金额,加到购货金额中去,能得到本年度的现金支出金额
    C. 经营年度内存货款项的减少,会导致利润的减少
    D. 经营年度内折旧费用的增加,会导致利润的减少
    【　　】

11. 在制造企业中,下列项目不包括在产成品的成本之内的是
    A. 直接材料成本   B. 车间生产工人工资
    C. 厂部管理人员工资   D. 使用间接材料成本
    【　　】

12. 已知丹托公司期初产成品制造成本是£5000,期末产成品制造成本是£23000,本期销售成本是£77000,请问该公司本期发生的制造成本为
    A. £6000   B. £105000
    C. £95000   D. £49000
    【　　】

13. 由于存货失控导致原材料发生短缺时,紧急采购造成材料价格不利差异的责任属于
    A. 采购部门   B. 生产部门   C. 存储部门   D. 会计部门
    【　　】

14. T·博顿公司属制造企业,下列数据是公司对产品相关情况的一些预计:

    单位售价: £120
    单位变动成本: £70
    固定成本总额: £2400

    请计算销量为90件时的利润
    A. £1200   B. £1400   C. £1000   D. £800

40

15. 在成本差异分析中,材料价格差异形成的原因与下列(　　)的形成原因相同

    A. 人工工资率差异   B. 人工效率差异

    C. 材料耗费差异   D. 直接人工成本差异

16. 某公司生产 B 产品,当月目标利润为£5200,当月固定成本是£3500,若变动成本是固定成本的 2 倍,请计算该月目标销售收入

    A. £15700   B. £12200   C. £10500   D. £8700

17. 信达公司生产 A、B、C 三种产品,某月有关资料如下:

(单位:英镑)

产品	A	B	C
外购的单位成本	24	22	20
自制的单位变动成本	18	14	22
生产或购买数量	600	800	500
购买节约的固定成本	5000	5000	2000

若任何一种产品停产后,该生产设备将处于闲置状态,则该公司应合理作出下列决策

A. 三种产品都外购

B. A 产品与 C 产品自制,B 产品外购

C. A 产品与 B 产品自制,C 产品外购

D. B 产品与 C 产品自制,A 产品外购

18. 下列报表使用者中,对公司资本结构予以特别关注的是

    A. 经理层   B. 员工   C. 债务人   D. 竞争对手

19. 下列关于会计收益率的说法中,不正确的是

A. 会计收益率有时也指投资报酬率,从本质上二者计算方法相同

B. 会计收益率是指一个公司实体的全部的投资回报率

C. 会计收益率的计算方法采用了权责发生制会计基础

D. 会计收益率没有考虑到投资期间获取利润的时间性

【　　】

20. 由名称来区分公司的不同法律形式时,如果是私人公司,必须以(　　)结尾

A. PLC　　　　B. LTD　　　　C. Corp　　　　D. Sap

【　　】

请认真阅读下面的案例,然后回答第二、三题

案例(纯属虚构)

　　Wellson 商店是一家小型零售企业,业主 Wellson 原是苏格兰地区的一名公务员,因到了退休年龄而离开公职。这个商店是用自己的日常积蓄投资的,开店目的是不使自己闲下来,以丰富自己的老年生活。

　　Wellson 先生以前做过会计工作,虽然他对经商心不在焉,还是照例每年年末清点一下账务。

　　经清点,他发现本年度末有下列账款已成为坏账。

　　A. £660

　　B. £540

　　C. £2,600 的 50%,另外 50% 尚可收还

　　1999 年 1 月 1 日公司的资产负债表反映的坏账准备是 £800,1999 年 12 月 31 日的坏账准备估计为应收账款余额的 5%,本年度实现毛利 £9,800。

　　请根据 Wellson 先生的上述情况,回答下列问题。

二、本题包括 21—24 题四个小题,共 20 分。

21. 建立坏账准备的依据是哪个会计概念? 为什么? (6分)

22. 当坏账从账户中注销后,就不再需要坏账准备了,请讨论这个
    说法。(3分)

23. 中国的会计准则对坏账准备提取及处理的相关要求是什么?
    (5分)

24. 请列出本题目的坏账账户。(6分)

三、本题包括 25—26 两个小题,共计 20 分

25. 请计算本年度应提取的坏账准备,并列出坏账准备账户。(10 分)

26. 列出 1999 年 12 月 31 日的资产负债表、1999 年度的损益表(涉及到本案例的部分)。(10 分)

第二部分　选答题(满分 40 分)

(选答题部分包括第四、五、六、七题,每题 20 分。任选两题回答。不得多选,多选者整个选答题部分不给分)

得分	评卷人

四、本题包括 27—28 题两个小题,共 20 分。

27. 什么是折旧?固定资产计提折旧的原因是什么?(6 分)

得分	

28. 计提折旧的方法有哪些?简述其各自的特点及适用的固定资产类型。(14 分)

得分	

得分	评卷人

五、本题包括 29—30 两个小题,共 20 分。

29. 列举三个会计概念和两个会计假设并对其作出定义。(10 分)

得分	

30. "会计概念和假设是以过去的惯例为基础的",是否同意这种说法,并说明理由。(10分)

得分	评卷人

六、本题包括 31—32 题两个小题,共 20 分。

31. 讨论成本性态的含义及成本函数的变化趋势及成因。(10分)

32. 讨论成本习性的假定及其局限性。(10分)

得分	评卷人

七、本题包括 33—34 题两个小题,共 20 分。

33. 列举三个资本结构比率和三个盈利能力比率,并对其作出定义。(12分)

34. 请列举出企业财务分析的数据来源(其中企业外部来源三个,企业内部来源五个)。(8分)

参考答案和评分标准　No. 3

一、本题包括 1—20 题二十个小题。每小题 1 分,共 20 分。

1. C	2. C	3. B	4. C	5. B
6. B	7. D	8. D	9. C	10. C
11. C	12. C	13. C	14. B	15. A
16. A	17. B	18. C	19. B	20. B

二、本题包括 21—24 题四个小题,共 20 分。

21. 本题满分 6 分

依据谨慎性(或稳健性)概念(3 分)

谨慎性概念要求对于能够预见的损失,必须进行确认,确保在资产负债表上不高估资产。(3 分)

22. 本题满分 3 分

不对。(1 分)其他的应收账款还有成为坏账的可能性。(2 分)

23. 本题满分 5 分

中国的会计准则要求坏账准备按会计期末应收账款或本期赊销数额的一定比例计提。(3 分)并在会计期末作为应收账款的减项列入资产负债表中。(2 分)

24. 本题满分 6 分

三、本题包括 25—26 题两个小题,共 20 分。

25. 本题满分 10 分

坏账准备的计算:

应收账款	31,000
已注销坏账	2,500
	28,500
减:可收回账款	1,300
	27,200
按 5%计算的准备金	1,360
1999.1.1 余额	800
1999.12.31 余额	560

坏账准备账户

	1999.1.1 期初余额	800
	1999.12.31 计提	560
	期末余额	£1,360

26. 本题满分 10 分

资产负债表摘录:	£	£
应收账款	31,000	
减:坏账准备	1,360	29,640

损益表摘录:	£	£
销售毛利		9,800
减:已注销坏账	2,500	
坏账准备	560	3,060
		£6,740

四、本题包括 27—28 题两个小题,共 20 分。

27. 本题满分 6 分

折旧指在使用寿命内,对由于使用、时间流失或因技术或市场变化而陈旧等所引起的磨损、耗费或其他价值减少的计量。(2分)

原因有:

(1)为了实现当期收入和费用的配比;(2分)

(2)为了保持企业持续生产经营的能力。(2分)

28. 本题满分 14 分

有两种方法:直线法和余额递减法。

(1)直线法:假设在固定资产被使用的各个期间内,固定资产的价值磨损相等。固定资产年折旧额为固定资产的成本减去使用期满的残余价值再除以使用年限。(3分)

直线法特点:直线法认为使用固定资产的收益在使用年限内被平均消耗,因此固定资产使用年限的决定因素是时间而不是固定资产的使用次数或数量。(2分)

直线法适用于使用年限与时间相关的固定资产折旧的计算和提取(2分)

(2)余额递减法:该方法利用一个事先计算好的折余价值或账面净值的百分比来计算各年的折旧额。(3分)

余额递减法特点:余额递减法和固定资产的使用量有关,它将固定资产使用的最大收益摊销于其使用寿命前期。(2分)

余额递减法适用于使用年限与运转时间、运行里程相关的固定资产折旧的计算的提取。(2分)

五、本题包括 29—30 题两个小题,共 20 分。

29. 本题满分 10 分

三个会计概念：

(1) 企业主体：指与企业有关的交易，资产和负债应单独记录，这一原则适用于各种类型的企业，而不管企业是否被确认为法人或是纳税主体。（2分）

(2) 历史成本：指所有的交易均按其成本记录。成本是指在企业正常经营过程中为使产品或劳务达到其现在的位置和状况所发生的各种支出，任何折旧与价值上的减值，均是以这一成本为基础的，这一成本也就是历史成本。（2分）

(3) 应计制（权责发生制）：指收入与费用应该在其获得或发生时确认，而不是在货币收到或支付时确认，同时，收入应在其发生的会计期间内与其相关的费用相配比。（2分）

两个会计假设：

(1) 稳健性：指除非能够合理地确认收入实现，否则不能确认收入或收益。企业不应高估资产和收入，但是已经预见或知道的费用、损失或负债却应在预期时就确认。（2分）

(2) 配比：必须将期间内获取的收入与该期间为获取收入而发生的费用相配比。（2分）

【评分说明】以上仅举出部分会计概念与假设，考生举出其他正确的会计概念与假设每个亦得2分。

30. 本题满分10分

(1) 考生对同意或不同意该论断表示了意见，但是却没有提供理由或提供的理由不充分可得1～2分。

(2) 考生没有回答问题的两个部分，回答时陈述的理由可能很简单，如"通常是依据传统判定"等可得3～5分。

(3) 考生对"概念"与"假设"的原因作出了详细的回答。

概念：确保所有的报表均是运用同一会计基础。

假设：让使用者知道报表编制的原则。得1～3分。

(4) 在(3)的基础上运用实例准确说明概念或假设可得1～4

分。

六、本题包括 31—32 题两个小题，共 20 分

31. 本题满分 10 分

    (1) 成本的变动与业务量之间的依存关系，称为成本习性，也称成本性态。(2 分)

    (2) 成本性态可以用线性函数表示。现实中，有时变动成本函数并不是一条直线，而是一条曲线。(2 分)

造成变动成本函数呈曲线变动的原因主要是由材料价格波动因素导致的。(2 分)

材料价格的变化，使单位业务量的变动成本不一致，使单位变动成本总额不是随业务量的变化而严格地按正比例变化。(2 分)

现实中固定成本仅仅是在一定范围的业务量水平上固定不变，如电话座机费支出，一部电话的座机费是固定的，但多部电话的情况下，其座机费也要相应的增加。这类成本表现了一定的阶梯性特征。(2 分)

32. 本题满分 10 分

    假定：

    (1) 所有的成本不是被分为固定成本，就是被分为变动成本；(1 分)

    (2) 在不同的作业下固定成本保持不变；(1 分)

    (3) 变动成本随作业变动而变动，但单位作业的变动成本是常量；(1 分)

    (4) 在所有的作业量水平下，生产效率和生产能力保持不变；(1 分)

    (5) 成本习性能够被一个自变量充分解释。(1 分)

    局限性：

（1）有多个因素影响成本时,成本函数可能就不是严格的线性函数。（2分）

（2）只有在一定相关范围内,固定成本和单位变动成本才是稳定的,才可以用同一成本模型;只有在相关范围内,将成本函数描述为线性才合理。（3分）

七、本题包括 33—34 题两个小题,共 20 分

33. 本题满分 12 分

资本结构比率:

（1）资产净值率:长期资产与流动资产的总额中通过净值（所有者权益总额,即股本加留存收益）融资取得部分的比率。（2分）

（2）负债率:将负债总额除以资产总额,它涉及的是企业在其所有负债到期时是否有足够的资产偿付的问题。（2分）

（3）借款净值率:说明借款占净值（所有者权益总额,即股本加留存收益）的百分比。衡量的是企业普通股股东的风险程度。（2分）

盈利能力比率:

（1）销售净利率,是企业净利润除以企业销售额的比值。（2分）

（2）毛利率,是将企业毛利除以销售额的比值。（2分）

（3）资金回报率,是将企业所获得的利润（通常是息税前利润）除以取得这一利润所占用的资金（通常为总资产减流动负债）。（2分）

【评分说明】答案不限于以上列举。

34. 本题满分 8 分

财务分析的数据来源:

（1）企业外部来源:政府统计资料、金融类出版物、数据库。（3

分）

（2）企业内部来源：年度报告和报表、董事会报告、资产负债表、利润表、会计政策说明。（5分）

【评分说明】答案不限于以上列举。

高等教育自学考试中英合作商务管理专业与金融管理专业

《会计学》样卷 No. 4

(考试时间 150 分钟,满分 100 分)

注 意 事 项

1. 样卷试题包括必答题与选答题两部分,必答题满分 60 分,选答题满分 40 分。必答题为一、二、三题,每题 20 分。选答题为四、五、六、七题,每题 20 分,任选两题回答,不得多选,多选者整个选答题部分不给分。60 分为及格线。
2. 考试时间为 150 分钟。
3. 可使用计算器及直尺等文具答题。
4. 计算题应写出公式、计算过程,结果保留 2 位小数(除特别注明外)。

题号	必答题			选答题				总分
	一	二	三	四	五	六	七	
得分								

第一部分 必答题(满分60分)

(必答题部分包括第一、二、三题,每题20分)

得分	评卷人

一、本题包括1—20题二十个小题。每小题1分,共
20分。在每小题给出的四个选项中,只有一项
符合题目要求,把所选项前的字母填在题后的
括号内。

1. 下列各因素中,对会计目的影响最大的是
   A. 社会   B. 经济   C. 政府   D. 法律
   【   】

2. 吉尔公司月末复核资产负债表时,发现资产总计为 58,000 英
   镑,而所有者权益和负债的合计数为 50,900,请你运用复式记
   账原理推测下列不太可能出现的错误是
   A. 单纯的记录错误   B. 错误的复式记账
   C. 加、减错误   D. 变换错误
   【   】

3. 百斯特公司是一家杂货店铺,其当年交易中,不能在利润表中
   列支的项目是
   A. 购买洗衣机   B. 购买货车
   C. 当年的地方税   D. 购进尚未售出的商品
   【   】

4. 英国天然气公司拥有的下列资产中,计提折旧时参考年限最短
   的是
   A. 房屋   B. 土地   C. 传输管道   D. 车辆
   【   】

5. 下列关于折旧的说法正确的是
   A. 折旧是在年末将资产的价值减少到其变现净值所必须的金

56

额

B. 折旧是对一项资产在一个时期内为赚取收入而消耗的金额的估计

C. 两个不同的企业在使用一种资产时,计提的折旧费应相等

D. 如果账目中忽略了折旧,当年的利润将被低估

【　　】

6. Safeway 公司本年度期初资产总额 1500000 英镑,本期期末负债总额减少 200000 英镑,所有者权益比期初增加 400000 英镑,该公司本期期末资产总额是

A. £1300000　　　　　　　　B. £1700000

C. £1900000　　　　　　　　D. £1500000

【　　】

7. 已知 T·波特公司 19××年度长期资产价值£1100000,流动负债为£300000,流动资产为£400000,会计期初股本为£500000,留存收益为£300000,请计算资产净值率

A. 50%　　　B. 53.3%　　　C. 66.7%　　　D. 33.3%

【　　】

8. 除国家另有规定外,各项财产物资的市价变动时,一律不得调整其账面价值,这主要体现了会计概念与假设中的

A. 稳健性　　　　　　　　　　B. 持续经营

C. 一致性　　　　　　　　　　D. 历史成本概念

【　　】

9. 斯通公司以£300 赊购 A·阿伦公司的办公用品,并在办公用品和 A·阿伦账户均按£30 登记,属于下列

A. 疏漏之错　　　　　　　　　B. 替代之错

C. 原始记录之错　　　　　　　D. 相反记录之错

【　　】

10. 所有者权益总额应等于

A. 流动资产总额减流动负债总额

B. 长期资产总额减负债总额

C. 资产总额减负债总额

D. 资产总额减流动负债

【　　】

11. 在世界经济历史上,曾经有一段时间物价下滑,持续下跌,如果恰逢你担任公司一名存货会计员,对于期末存货计价,最好应采用

A. 成本与可变现净值孰低法　B. 后进先出法

C. 历史成本法　　　　　　　　D. 可变现净值法

【　　】

12. 威尔逊公司是一家制造企业,该产成品制造成本中包含对原材料和在产品的耗费,已知期初原材料成本是£5000,在产品成本是£7500,期末原材料成本是£3200,在产品成本是£6100,经本期购进原材料成本是£28000,又知产成品制造成本是£45800,请计算本期发生的制造成本

A. £29800　　B. £16000　　C. £13200　　D. £14600

【　　】

13. 已知标准成本卡中有关人工成本的部分资料及本月的实际成本发生情况:

标准成本卡		
零部件NO. ××		
单位标准成本		英镑
直接人工	8 小时£2.8/小时	20
本月实际生产结果:		
实际产量		550 件
实际工作时效		4000 小时
实际工资总额		£10000

直接人工工资率差异为

A. −£1200　B. −£1120　　C. £1320　　D. −£1000

【　　】

58

14. 下列关于成本习性的假定不正确的是

A. 所有的成本不是被分为固定成本,就是被分为变动成本

B. 在所有作业水平下,生产效率和生产能力保持不变

C. 在不同作业量下固定成本保持不变

D. 在一定相关范围内,单位作业的变动成本随作业量变动而变动

【   】

15. 下列关于标准成本的说法中正确的是

A. 从本质上讲,标准成本法是一种成本管理方法

B. 标准法不仅计算产品的标准成本,还计算产品的实际成本

C. 直接人工效率差异,是指直接人工实际成本与直接人工标准成本之间的差额

D. 直接人工资率差异是数量差异

【   】

16. 一家公司计划年度生产销售甲、乙两种产品,具体情况如下:

(单位:英镑)

	总计	产品甲	产品乙
销售收入	3800	1800	2000
变动成本	3100	1900	1200
固定成本	700	300	400
全部成本	3800	2200	1600
利润(亏损)	0	(400)	400

下列选择正确的是

A. 甲产品停产   B. 甲产品继续生产

C. 甲、乙产品都停产   D. 以上答案都不对

【   】

17. 诺丁公司生产 A、B、C 三种产品,某月有关资料如下:

产品	A	B	C
外购的单位成本	35	42	28
自制的单位变动成本	22	34	30
生产或购买数量	200	300	500
购买节约的固定成本	2000	3200	1200

若任何一种产品停产,该生产设备出租,每月可获租金收入£500,则该公司应合理作出下列决策

A. C产品外购,A产品与B产品自制

B. A产品外购,B产品与C产品自制

C. 三种产品全自制

D. B产品外购,A产品与C产品自制

【　　】

18. 在材料采购量预算中,若生产用量为 2700 kg,期初数量为 1200 kg,期末数量为 700 kg,则购买数量应为

A. 800 kg

B. 4600 kg

C. 2200 kg

D. 3200 kg

【　　】

19. 下列关于收益率的说法中,正确的是

A. 会计收益率与投资报酬率二者的计算方法有着本质上的不同

B. 会计收益率的计算方法与现金预算的编制基础都是现金的收付实现制

C. 会计收益率没有考虑到投资期间获取利润的时间性

D. 会计收益率可以用预计全部利润除以预计平均投资计算得到

【　　】

20. 下列关于公司的有关说法中不正确的是

A. 公司的所有者是董事会

B. 公司必须公开财务报表

C. 公司报表的内容、方式、发布及格式都由法律来规范

D. 公司的资本结构不同于非公司企业

【　　】

请认真阅读下面的案例,然后回答第二、三题。

案例(纯属虚构)

　　White 和 Stone 都曾因盗窃进过监狱,出狱后二人决定痛改前非,自食其力。于是,二人拿出彼此的积蓄￡1500,作为本钱,并从银行借入￡500,决定三个月后归还。他们把钱存入了银行,花费了其中￡1200购进一辆二手运货车,准备为企业运送货物,他们估计该运货车还能再行驶 60000 英里。

　　生意进展得很顺利,转眼已经开业半个月了。但是这一天,Stone 在开车送货途中,拐弯时,不慎撞上一辆摩托车。在交通管理部门协调下,Stone 答应赔偿摩托车主损失,摩托车主说修车费需要￡150—￡200。

　　鉴于运输的危险性,White 和 Stone 决定暂时停业,寻找更好的行业来做。开业半个月来,他们共收到劳务费￡600,尚有￡200客户答应下月付钱。这些天,他们共行驶了 1500 英里,有人愿以￡1280购买货车。

　　请你根据 White 和 Stone 二人的经营情况回答下列问题。

二、本题包括 21—24 题四个小题,共 20 分。

21. 请列出 Mhite 和 Stone 开业时的资产状况。(4分)

得分

61

22. 请列出 Mhite 和 Stone 开业时的负债和所有者权益状况。（4分）

23. 请列出 Mhite 和 Stone 停业时的资产状况。（6分）

24. 请列出 Mhite 和 Stone 停业时的负债和所有者权益状况。（6分）

三、本题包括 25—26 两个小题,共 20 分

25. 请指出开业状况下应用的有关会计概念,并解释其含义。（6分）

26. 请解释停业状况下的会计概念,并解释其含义(相同的概念可不再解释)。（14分）

第二部分 选答题(满分 40 分)

(选答题部分包括第四、五、六、七题,每题 20 分。任选两题回答。不得多选,多选者整个选答题部分不给分)

四、本题包括 27—28 两个小题,共 20 分。

27. 什么是统驭账户?最常用的统驭账户是什么?它们登记的原则是什么。(10 分)

28. 期末调整主要是针对哪些账户进行调整?主要体现的会计原则是什么?该原则的含义是什么。(10 分)

五、本题包括 29—30 题两个小题,共 20 分。

29. 谈谈私人有限责任公司的法律连带责任与非公司制企业的法律连带责任有何区别?(10 分)

得分	

30. 指出合伙企业的最终报表与私人有限责任公司的最终报表的主要区别之处。(10 分)

得分	

六、本题包括 31—32 题二个小题,共 20 分。

31. 列举三个资本结构比率,对其作出定义,并指出对之关注的使用者。(10 分)

得分	

32. 简单地列示一份资产负债表和一份利润表,解释两张报表中
    每一要素间的关系。(10分)

七、本题包括 33—34 题二个小题,共 20 分。

33. 谈谈企业债权和坏账的含义,并解释有关坏账的业务处理。
    (12分)

34. 谈谈提款的含义,举例说明提款账户在企业中的应用。(8分)

参考答案和评分标准　No. 4

一、本题包括 1—20 题二十个小题。每小题 1 分,共 20 分。

1. B	2. D	3. A	4. D	5. B
6. B	7. B	8. D	9. C	10. C
11. A	12. D	13. A	14. D	15. A
16. A	17. B	18. C	19. C	20. A

二、本题包括 21—24 题四个小题,共 20 分。

21. 本题满分 4 分

　　开业状况

　　资产

　　现金　　　　　2000

22. 本题满分 4 分

　　开业状况

　　负债

　　短期借款　　　　500

　　资本

　　权益资本　　　　1500

23. 本题满分 6 分

　　停业状况

　　资产

　　运货车　　　1200

　　应收账款　　 200

　　现金　　　　1400

　　　　　　　　2800

66

24. 本题满分 6 分

停业状况

负债

短期借款	500
应付摩托车修理费	200
	700

资本

开业状况	1500
财富的增加	600
	2100

三、本题包括 25—26 题两个小题,共 20 分。

25. 本题满分 6 分

(1) 现金——货币计量概念

(2) 短期借款——应计制概念

(3) 权益资本——企业主体概念

【评分说明】

(1) 考生只是简单地列出几个会计科目,如"现金""短期借款"等,但没有做出相应的解释。(1—3 分)

(2) 考生列出会计概念,并结合本案例说明其含义。(4—6 分)

26. 本题满分 14 分

(1) 运货车——历史成本概念,重要性概念,稳健性概念

(2) 应收账款——应计制概念

(3) 现金——货币计量根概念

(4) 短期借款——应计制概念

(5) 应付摩托车修理费——应计制概念、谨慎性概念

(6) 开业状况——企业主体概念

(7) 财富的增加——持续经营概念

【评分说明】

(1) 考生只是简单地列出几个会计科目,如"运货车""应收账款"等,但没有做出相应的解释。(1—4 分)

(2) 考生列出会计概念,但没有结合本案例说明其含义。(5—7 分)

(3) 考生列出会计概念,并结合本案例说明其含义,但不全面。(8—10 分)

(4) 考生将本案例将所涉及的全部会计概念正确的加以解释,并能指出各种会计概念的特点。(11—14 分)

四、本题包括 27—28 题两个小题,共 20 分。

27. 本题满分 10 分

(1) 统驭账户也被称为总计账户,一个统驭账户与其所"统驭"的个别明细分类账户所包含的信息相同,引入统驭账户是为检查每一部分记录的准确性。(4 分)

(2) 最常用的两个统驭账户是销售分类账的统驭账户和采购分类账的统驭账户。(2 分)

(3) 登记的原则:凡是在个别账户中登记的业务,均要在统驭账户中进行登记;统驭账户的余额一定等于其所统驭的各明细分类账户的余额之和。(4 分)

28. 本题满分 10 分

(1) 期末调整是在期末或年末对预付款项、应付款项、应计费用、折旧准备和坏账进行调整。(4 分)

(2) 期末调整主要是体现会计的配比原则。(3 分)

(3) 配比原则指必须将某期间获取的收入与该期间为获取收入而发生的费用相配比。(3 分)

五、本题包括 29—30 两个小题,共 20 分。

29. 本题满分 10 分

【评分说明】

(1) 考生只是作了简单的回答,但没有将两企业进行比较,也没有提及法律方面的责任,如:独资企业可以随时建立;有限公司由于有更多的所有者而规模较大,有限公司必须加 LTD 的字样等等。(1—2 分)

(2) 考生将两企业作比较,但答案很简单,提到并解释了有限责任等(3—5 分)

(3) 考生解释有限责任的概念及企业的概念,同时提及有限责任公司的报表应公开并受法律规范,对两类企业有透彻的比较。(6—8 分)

(4) 考生在第(3)点的基础上以实例说明其观点。(9—10 分)

30. 本题满分 10 分

【评分说明】

(1) 考生简单解释编制报表的原因。(1—2 分)

(2) 考生重复 29 题答案,如"有限责任公司的报表应公开并受法律规范",提及利润分配,对两类企业报表作出比较。(3—5 分)

(3) 考生将合伙企业报表中的利润分配与有限公司利润表中的股利分配部分作比较,并讨论两类企业中股本与借款的差异以及应付利润和处理方式。(6—8 分)

(4) 考生在第(3)点的基础上讨论两种报表的不同目的,内部和外部用途。(9—10 分)

六、本题包括 31—32 两个小题,共 20 分。

31. 本题满分 10 分

(1) 资产净值率:长期资产与流动资产的总额中通过净值(所

有者权益总额,即股本加留存收益)融资取得部分的比率。(2分)

(2) 负债率:以负债总额除以资产总额,它涉及的是企业在其所有负债到期时是否有足够资产偿付的问题。(2分)

(3) 借款净值率:说明借款占净值(所有者权益总额,即股本加留存收益)的百分比。衡量的是企业普通股股东的风险程度。(2分)

对之关注的使用者:股东、债权人、债务人、潜在投资者。(4分)

【评分说明】资本结构比率不限以上举例。

32. 本题满分 10 分

【评分说明】

(1) 考生只是简单地勾绘了一张报表,其中大部分是正确的。(1—3分)

(2) 考生编制了两张报表的基本框架,而且基本正确(4—6分)

(3) 考生编制了两张全面准确的报表,虽对两张报表要素进行了解释,但不全面。(7—8分)

(4) 考生编制了两张全面准确的报表,并对所涉及的要素的解释完全正确。(9—10分)

七、本题包括 33—34 题两个小题,共 20 分。

33. 本题满分 12 分

债权是企业对债务人索取债务的一项权利,是企业的一项资产。当已经知道债务人不能够或不愿意归还其所欠的全部或部分款项时,就不能将应收取的款项再确认为企业的债权,而是应将不能收回的款项作为坏账处理。(4分)

(1)坏账发生时,企业的会计处理是:贷记债务人账户,借记坏

账冲销账户。(4分)

(2)如果坏账冲销后又收回,则企业会计处理是:借记债务人账户,贷记坏账冲销账户。(4分)

34. 本题满分8分

(1)提款是指所有者从企业提取现金,货物或其他资产用于个人使用。提款将会减少企业资本。(4分)

(2)假如所有者从企业提取存货自用,则应贷记存货账户;(2分)

如果所有者用企业资金支付个人账单,则应借记提款账户,贷记银行存款账户。(2分)

【评分说明】考生回答出提款含义1—4分,举例正确2—4分。

高等教育自学考试中英合作商务管理专业与金融管理专业

《会计学》样卷 No. 5

(考试时间 150 分钟,满分 100 分)

注 意 事 项

1. 样卷试题包括必答题与选答题两部分,必答题满分 60 分,选答题满分 40 分。必答题为一、二、三题,每题 20 分。选答题为四、五、六、七题,每题 20 分,任选两题回答,不得多选,多选者整个选答题部分不给分。60 分为及格线。

2. 考试时间为 150 分钟。

3. 可使用计算器及直尺等文具答题。

4. 计算题应写出公式、计算过程,结果保留 2 位小数(除特别注明外)。

题号	必答题			选答题				总分
	一	二	三	四	五	六	七	
得分								

第一部分 必答题(满分60分)

(必答题部分包括第一、二、三题,每题20分)

得分	评卷人

一、本题包括1—20题二十个小题。每小题1分,共20分。在每小题给出的四个选项中,只有一项符合题目要求,把所选项前的字母填在题后的括号内。

1. 会计信息的需求、企业会计提供信息的能力、企业的意愿或外界的约束,最终决定了
   A. 经济环境   B. 会计环境   C. 会计目的   D. 会计主体

   【　　】

2. 斯通公司本月从吉姆公司购入设备5台,价值60000英镑,经检验,其中一台达不到合同中规定的质量要求,予以退回,则斯通公司应作如下会计处理
   A. 借记吉姆公司账户12000英镑,贷记购货退回账户12000英镑
   B. 借记购货退回账户12000英镑,贷记吉姆公司账户12000英镑
   C. 借记吉姆公司账户12000英镑,贷记销货退回账户12000英镑
   D. 借记销货退回账户12000英镑,贷记吉姆公司账户12000英镑

   【　　】

3. 百斯特公司出售商品实际成本3000英镑,转为销售成本,该项经济业务使该公司
   A. 资产减少3000英镑,负债增加3000英镑
   B. 资产增加3000英镑,负债减少3000英镑

C. 资产、费用同时减少 3000 英镑

D. 资产、费用同时增加 3000 英镑

【　　】

4. 下列关于折旧的说法中,不正确的是

A. 折旧是在使用寿命内,对由于使用、时间流失或因技术或市场变化而陈旧等引起的磨损,耗费或其他价值减少的计量

B. 计提折旧是为了实现当期收入和费用的配比

C. 折旧对利润表的影响是减少了利润,并因此增加了每年可提款的金额

D. 正确计提折旧准备是为了保持企业持续生产经营的能力

【　　】

5. 传统会计中,下列的哪些事项通常不需要记录

A. 发放工资　　　　　　　B. 出售旧货车一辆

C. 办公室职员互换工作　　D. 支付罚金

【　　】

6. 已知 T·波特公司 19××年年末的流动资产是￡800000,流动负债是￡300000,其中货币性资金为￡510000,存货是￡290000,请计算其酸性测试比率(速动比率)

A. 1.7：1　　B. 0.91：1　　C. 2.3：1　　D. 1：1

【　　】

7. 下列业务中,应记入账户贷方的是

A. 资产的增加　　　　　　B. 负债的减少

C. 收入成果的增加　　　　D. 成本费用的增加

【　　】

8. 企业如将存货计价方法由先进先出法改为加权平均法,而没有在会计报告中说明变动原因及变动后对企业财务状况和经营成果的影响,则违反了会计原则中

A. 一致性　　B. 稳健性　　C. 重要性　　D. 持续经营

【　　】

9. 斯通公司以£800从A·阿伦处赊购机器设备一台,借记A·阿伦,贷记机器设备,属于下列
   A. 疏漏之错　　　　　　　　B. 替代之错
   C. 相反记录之错　　　　　　D. 原始记录之错
   【　　】

10. 某有限责任公司由A、B、C三位股东各自出资£1000000而设立,经过两年经营,该公司的留存收益为£1500000,如果D投资者愿意出资£1800000而仅占该公司25％的股份,则在会计核算时,应将D股东投入资金中应记入资本项目
   A. £1000000　B. £1125000　C. £800000　D. 1200000
   【　　】

11. 相对于通货膨胀会计,当发生通货紧缩时,物价持续下跌时,售出或发出存货计价应采用
   A. 可变现净值法　　　　　　B. 先进先出法
   C. 后进先出法　　　　　　　D. 加权平均法
   【　　】

12. 管理费用是指直接计入利润表计算净利的费用,一般不会包括
   A. 营业费用　　　　　　　　B. 销售费用
   C. 经营费用　　　　　　　　D. 研究开发费用
   【　　】

13. 已知标准成本卡中有关人工成本的部分资料及本月的实际成本发生情况:

标准成本卡		
零部件NO.××		
单位标准成本		英镑
直接人工	8小时£2.8/小时	20
本月实际生产结果:		
实际产量		550件
实际工作时效		4000小时
实际工资总额		£10000

直接人工工效率差异为

    A. −￡1200　B. −￡1120　C. ￡1320　D. −￡1000

                                         【　　】

14. 下列报表使用者中,对公司股东权益特别关注的一方是

    A. 债权人　　　　　　　　B. 债务人

    C. 竞争对手　　　　　　　D. 潜在投资者

                                         【　　】

15. 在变动成本法下,计入产品成本的是

    A. 全部生产成本　　　　　B. 变动生产成本

    C. 直接材料和直接人工　　D. 全部变动成本

                                         【　　】

16. 斯通公司计划年度生产销售甲、乙两种产品,具体情况如下:

（单位：英镑）

	总计	产品甲	产品乙
销售收入	3200	2000	1200
变动成本	2200	1300	900
固定成本	700	300	400
全部成本	2900	1600	1300
利润(亏损)	300	400	(100)

下列选择正确的是

    A. 乙产品停产　　　　　　B. 乙产品不停产

    C. 甲、乙产品都停产　　　D. 甲产品停产

                                         【　　】

17. 琼斯公司现有生产能力已被充分应用,下面资料是有关该零部件自制的单位预订成本(单位:英镑)

直接材料　　　　　　　　8

直接人工　　　　　　　　15

单位固定成本　　　　　　3

单位成本合计　　　　　　26

若公司外购该零件,购价是￡27,原有生产活动单位边际贡献是￡10,单位产品人工工时是2小时,该公司作出的正确分析是

A. 自制时单位成本节省￡1　　B. 外购时单位成本节省￡1

C. 外购时单位成本节省￡4　　D. 自制时单位成本节省￡4

【　　】

18. 在材料采购量预算中,期初数量为3900件,期末数量为4700件,若本期购买数量为13800件,则可推算出生产用量为

A. 22600件　B. 5000件　　C. 13000件　　D. 14600件

【　　】

19. 下列关于回收期法的评价不正确的是

A. 回收期法以投资项目回收的快慢作为分析投资效率的依据

B. 现金回收的周期越长,风险越大

C. 回收期法充分考虑了回收投资前后产生的现金流入

D. 回收期法没有考虑货币的时间价值

【　　】

20. 下列关于合伙制企业的会计处理说法不正确的是

A. 合伙制企业的账户体系设置与个体贸易商的处理相同

B. 合伙人的资本可能被划分为资本账户和往来账户

C. 利润分配方案根据合伙协议确定

D. 合伙制企业的年末会计处理,所有者权益要按合理比例在合伙人之间分配

【　　】

请认真阅读下面的案例,然后回答第二、三题。

案例(纯属虚构)

Mary 作为 Moongull 公司的首席执行官已经一年有余了,Moongull 公司在她的管理下,业务突飞猛进。一年以前,这位来自 London University 的工商管理硕士毕业生入主 Moongull 曾引起

董事会某些成员的不满。但是，一年后公司迅猛发展的事实无可争辩地说明了一切。

Mary 经常关注企业的财务财状况。用她的话说，一个企业的财务状况好坏是企业经营成功与否的关键。下面是她得到的关于财务状况的一些资料：

Moongull 公司 1998 年 12 月 31 日试算平衡表（部分）

	借方（£）	贷方（£）
1998,1,1 开业资本		62,000
销售		168,000
采购	140,000	
1998,1,1 存货	25,000	
债务人	10,000	
债权人		60,000
银行存款		20,000
借款		40,000
费用	6,000	
燃油	4,000	
工资	5,000	
提款	3,000	
冲销的坏账	1,000	
1998,1,1 可疑债务准备		4,000
厂房机器		
——成本	80,000	
——1998,1,1 累计折旧		10,000
	£364,000	£364,000

已知 1998 年 12 月 31 日，有下列调整事项

（1）存货中原材料数额为 £35000。

（2）预付款项为 £1800。

（3）应计燃油费用为 £2000。

（4）厂房机器按折余价值的 4% 计提折旧。

（5）可疑债务准备按债务的 5% 计算。

78

设想你作为一名财务人员，应如何回答下列问题？

21. 计算分析预付款项在资产负债表(BS)、投资表(P&T)中的列示数额。(5分)

22. 计算分析应计燃油费在资产负债表(BS)、投资表(P&T)中的列示数额。(5分)

23. 计算分析厂房机器折旧在资产负债表(BS)、投资表(P&T)中的分配。(5分)

24. 计算分析可疑债务准备在资产负债表(BS)、投资表(P&T)中的分配数额。(5分)

三、本题包括 25—26 两个小题,共 20 分。

25. 编制 Moongull 公司本年度营业利润表。(10 分)

得分	

26. 编制 Moongull 公司本年度末资产负债表。(10 分)

得分	

第二部分 选答题(满分 40 分)

(选答题部分包括第四、五、六、七题,每题 20 分。任选两题回答。不得多选,多选者整个选答题部分不给分)

得分	评卷人

四、本题包括 27—28 题两个小题,共 20 分。

27. 简述合伙企业会计报表的主要特点。(8分)

得分	

28. 股份有限公司的利润表与合伙企业的利润表的区别是什么?
   (12分)

得分	

得分	评卷人

五、本题包括 29—30 题两个小题,共 20 分。

29. 列举三个与决策相关的成本和两个与决策无关的成本,并对之作出定义。(15分)

得分	

30. 列举出三类没有包括在预算中的短期决策。（5分）

得分	评卷人

六、本题包括 31—32 题两个小题，共 20 分。

31. 谈谈安全边际和安全边际率的含义，并描述边际贡献式的盈亏平衡点图的绘制步骤及绘制意义。（10分）

32. 谈谈盈亏平衡点分析过程及其优点。（10分）

得分	评卷人

七、本题包括 33—34 题两个小题，共 20 分。

33. 列举两种产品成本计算的基本方法，并对其作出定义。（6分）

34. 简述上题中产品成本计算方法的原理及适用条件。（14分）

参考答案和评分标准 No.5

一、本题包括 1—20 题二十个小题。每小题 1 分,共 20 分。

1. C	2. A	3. A	4. C	5. C
6. A	7. C	8. A	9. C	10. A
11. B	12. A	13. B	14. D	15. B
16. B	17. B	18. D	19. C	20. A

二、本题包括 21—24 题四个小题,共 20 分。

21. 本题满分 5 分

预付款项　£1200(1分)

预付款项是将在下期耗费的费用,应从试算平衡表中扣除,列示在资产负债表中(1分)

试算平衡表中的费用	£6000		(1分)
减:预付费用	£1800	(BS)	(1分)
已耗费用	£4200	(P&T)	(1分)

22. 本题满分 5 分

应计燃油　£2000(1分)

属本期额外的费用,应被加计到试算平衡表中,应计费用需列示于资产负债表中。(1分)

试算平衡表中的燃油	£4000		(1分)
加:应计费用	£2000	(BS)	(1分)
已耗燃油	£6000	(P&T)	(1分)

23. 本题满分 5 分

厂房设备成本按 4% 计提折旧准备,作为当期费用,需加计于折旧账户前期余额中,形成资产债表中的累计折旧总额。(2分)

折旧费用　（£8000×4％）　　　£3200　　（P&T）　（1分）

1998,1,1 余额　　　　　　　　　£10000　　　　　　　（1分）

1998,12,31 余额　　　　　　　　£13200　　（BS）　（1分）

24. 本题满分 5 分

按债务 5％增加的可疑债务准备　（1分）

增加的可疑债务准备
（£10000×5％）　　　　£5000　　（BS）　（2分）

1998,1,1 余额　　　　　　　　　£4000　　（BS）　（1分）

1998,12,31 余额　　　　　　　　£1000　　（P&T）　（1分）

三、本题包括 25—26 题两个小题,共 20 分。

25. 本题满分 10 分

Moongull 公司 1998 年度营业利润表

	£	£	£
销售收入			168,000
减:销售成本:			
期初存货		25,000	
采购	140,000		
减:期末存货		35,000	
本期销货			
毛利			130,000
			38,000
减:费用:			
已耗费用		4,200	
燃油		6,000	
工资		5,000	
冲销的坏账		1,000	
折旧			
——厂房机器		3,200	
可疑债务准备		1,000	
			20,400
净利			17,600

26. 本题满分 10 分

Moongull 公司 1998 年 12 月 31 日资产负债表

	成本(£)	累计折旧（£）	账面净值（£）
固定资产			
厂房机器	80000	13200	66800
流动资产			
存货	35000		
债务人	100000		
减:准备	5000		
	95000		
预付款项	1800		
		131800	
减:流动负债			
债权人	60000		
应计费用	2000		
银行存款透支	20000		
		82000	
流动资产净额			49800
			116600
减:长期负债			
借款			40000
			76600
资本来源:			
1998,1,1 资本			62000
加:留存利润			17600
			79600
减:提款			3000
			76600

四、本题包括 27—28 题两个小题,共 20 分。

27. 本题满分 8 分

　　合伙企业会计报表的特点:

（1）每个合伙人的权益资本都单独列出；（2分）

（2）利润在合伙人之间进行分配；（2分）

（3）主要的非资本性交易将能够反映在现行报表上；（2分）

（4）其他组织或个人贷款给企业的业务，将视为向其他债权人贷款一样，不记入合伙人的资本账户。（2分）

28. 本题满分 12 分

（1）股份有限公司的董事薪金及费用是公司的正常经营费用，列示于利润表中；而合伙企业的合伙人薪金则是作为利润分配的一个项目列示于利润表中。（4分）

（2）合伙人根据所得的利润交纳个人所得税，合伙企业不承担纳税义务，所以合伙企业利润表中无税金项目；股份有限公司是独立的法律实体，具有纳税义务，税金作为公司的一项费用在利润表中单独列示。（4分）

（3）合伙企业的利润分配至各合伙人账户之后，一般不再有余额，而有限公司的利润除了用于发放股利外，常常有盈利留存，以用于公司发展或其他方面，收益表最后一般都有留存盈利的余额。（4分）

五、本题包括 29—30 题两个小题，共 20 分。

29. 本题满分 15 分

与决策相关的成本：

（1）差别成本：指公司可供选择的不同方案之间的成本差别，通过对与各个方案有关的成本和收益的比较，能够获得公司差别成本和收益。（3分）

（2）可避免成本：如果一项成本在不接受决策方案的条件下可以避免，该项成本就是与该决策相关的成本。（3分）

（3）机会成本：当选择了某一方案作为最优方案时，就必然要放弃其他的次优方案，次优方案可能提供的收益被称为

潜在收益,这种由于放弃次优方案而丧失的潜在利益,就是被选用的最优方案的机会成本。(3分)

与决策无关的成本:

(1)沉没成本:是与过去决策有关的,无法由现在或将来决策所能改变的成本,是企业已经支付或必将支付的成本。(3分)

(2)不可避免成本:如果接受和拒绝某方案,某项成本支出都不可避免,则这一成本是与决策无关的成本。(3分)

30. 本题满分 5 分

(1)无资源限制决策:在这种情况下企业可以自由决策,可以简单描述为"接受或拒绝"决策。

(2)资源限量决策:是在企业物质资源有限的情况下发生的决策。在这种情况下,企业不接受所有的潜在获利机会,需要将所有获利机会进行排序优选。(2分)

(3)互斥决策:在这种情况下,企业只能接受一种机会,其他机会将被拒绝。互斥决策在资源限量和无资源限制条件下都会出现。(2分)

【评分说明】考生答对其中两类得 4 分,全答对得满分。

六、本题包括 31—32 题两个小题,共 20 分

31. 本题满分 10 分

(1)安全边际是指正常销售额超过盈亏平衡点销售量的差额,它表明销售量下降多少企业仍不致亏损,它也可以用超过盈亏临界点销售量占实际销售量的百分比表示。(2分)

安全边际常用来衡量不能达到盈亏平衡点的风险程度,或企业不致亏损的安全程度。(2分)

安全边际=实际销售额(或预计销售额)-盈亏平衡点销

售额(1分)

安全边际率＝安全边际/实际销售额(1分)

(2)边际贡献式的盈亏平衡点图的绘制方式：

第一，先确定销售收入线和变动成本线；(1分)

第二，以固定成本为起点绘制与变动成本线相平行的总
成本线。(1分)

(3)绘制意义：可以形象的反映边际贡献和利润的形成过程，
即销售收入减去变动成本就是边际贡献，边际贡献再减
去固定成本就是利润。(2分)

32. 本题满分 10 分

(1)盈亏平衡点分析过程可以使用边际成本计算方法计算：

销售收入总额－变动成本总额＝边际贡献总额(2分)

边际贡献－固定成本＝利润(2分)

当利润等于零时即盈亏平衡点的边际贡献＝固定成本。
(2分)

边际贡献总额＝单位边际贡献×销售量(2分)

(2)盈亏平衡点分析的优点：可以使管理者了解固定成本与
变动成本间的关系，说明不同管理决策对企业获利能力
的影响。(2分)

七、本题包括 33—34 题两个小题，共 20 分

33. 本题满分 6 分

产品成本计算的基本方法：

(1)分批成本计算法：在分批组织产品生产的企业或部门中，
产品批别是按照订单中规定的一定品种、一定批量的产
品划分的，这种成本计算方法称为分批成本计算法。(3
分)

(2)分步成本计算法：是指在成本计算期间，按照生产步骤、

生产部门或成本中心归集成本费用,计算产品成本的一种方法。(3分)

【评分说明】考生指出名称各1分,作出正确解释各2分。

34. 本题满分14分

(1) 分批成本计算法的原理:

第一,按照定单划分产品批别,编制产品批号,设立成本计算单。(2分)

第二,当材料发出时,成本部门直接在分批成本计算单上记录;每一位员工投入工作的员工小时数在计工单上归集;以预定间接生产费用分配率为标准,将间接生产费用分配到分批成本计算单中。(2分)

第三,在"成本汇总"一栏汇总登记本批产品的总成本。成本总额除以本批产品的生产数量,即得到该批产品的单位成本。(2分)

分批成本计算法适用于按小批或单件组织的,不连续的生产过程。(1分)

(2) 分步成本计算法的原理:

第一,归集和分配服务部门的费用。(2分)

第二,在每个成本计算期结束时,计算每一步所投入或累积的单位产品生产成本。(2分)

第三,将这些成本从上一个步骤转到下一个步骤,或从一个部门转到另一个部门。(2分)

分步成本计算法适用于大量、大批的多步骤生产。(1分)

高等教育自学考试中英合作商务管理专业与金融管理专业

《会计学》样卷 No.6

(考试时间 150 分钟,满分 100 分)

注 意 事 项

1. 样卷试题包括必答题与选答题两部分,必答题满分 60 分,选答题满分 40 分。必答题为一、二、三题,每题 20 分。选答题为四、五、六、七题,每题 20 分,任选两题回答,不得多选,多选者整个选答题部分不给分。60 分为及格线。

2. 考试时间为 150 分钟。

3. 可使用计算器及直尺等文具答题。

4. 计算题应写出公式、计算过程,结果保留 2 位小数(除特别注明外)。

题号	必答题			选答题				总分
	一	二	三	四	五	六	七	
得分								

第一部分　必答题(满分 60 分)

(必答题部分包括第一、二、三题,每题 20 分)

<table>
<tr><td>得分</td><td>评卷人</td></tr>
<tr><td></td><td></td></tr>
</table>

一、本题包括 1—20 题二十个小题。每小题 1 分,共 20 分。在每小题给出的四个选项中,只有一项符合题目要求,把所选项前的字母填在题后的括号内。

1. 下列关于资产的理解,哪项是不正确的
   A. 成为一项资产就必须具有取得未来经济利益的权利
   B. 对于私营企业,个人的财产也就是企业的财产,可以不用单独记账
   C. 成为企业的资产就必须为企业所拥有或控制
   D. 在特定情况下,企业可能从那些不可能或很难用货币单位计量的项目中取得未来利益
   【　　】

2. 账户余额一般与(　　)在同一方向
   A. 增加额　　　　　　　　B. 减少额
   C. 借方发生额　　　　　　D. 贷方发生额
   【　　】

3. 期末调整主要是体现会计的
   A. 稳健性原则　　　　　　B. 配比性原则
   C. 一致性原则　　　　　　D. 持续经营原则
   【　　】

4. 斯通公司有一台机器设备,使用年限为 3 年,成本为 45000 英镑,预计到期残值为 9000 英镑,采用金额递减法计算第三年的折旧额为
   A. ￡6405　　　　　　　　B. ￡4500

C. ￡6225　　　　　　　　　D. ￡10920

【　　】

5. 比率折现之后得到的现值,称为
   A. 成史成本　　　　　　　　B. 经济价值
   C. 重置成本　　　　　　　　D. 可变现净值

【　　】

6. 已知 T·波特公司 19××年年末的销售额是￡130000,销售成本是￡104000,则其销售毛利率是
   A. 10%　　　　B. 20%　　　　C. 30%　　　　D. 12%

【　　】

7. 下列关于统驭账户和明细分类账户关系的说法正确的是
   A. 二者所反映的经济业务内容相同
   B. 登记账簿原始依据相同
   C. 作用相同
   D. 反映经济内容的详细程度不一样

【　　】

8. 企业进行会计核算采用应计制(权责发生制),依据的前提是
   A. 会计主体　　　　　　　　B. 会计分期
   C. 持续经营　　　　　　　　D. 货币计量

【　　】

9. 下列关于合伙企业的观点,不符合实际情况的是
   A. 合伙企业的薪金是作为利润分配的一个项目列于利润表中的
   B. 合伙企业不是独立的法律和纳税实体
   C. 合伙企业利润分配至各合伙人账户之后,常常有盈利留存
   D. 合伙企业的资本来源一般体现为权益资本和业主往来的余额

【　　】

10. 企业资产评估低于原资产的账面价值时,依据(　　　)原则,将

93

其作为当期损益处理

A. 重要性　　　　　　　　　B. 稳健性

C. 历史成本计价　　　　　　D. 一致性

【　　】

11. 已知斯通公司采用永续盘存制盘存存货数量,199×年10月
购入和销售

日期	购入存货		销售存货	
	数量	单价(£)	数量	单价(£)
10月1日	80	6	20	9
10月2日			40	6
10月3日	200	7		
10月5日			50	10
10月18日			20	11
10月30日			80	9
	280		210	

请用先进先出法计算斯通公司本月销售毛利

A. 590　　　B. 570　　　C. 585　　　D. 565

【　　】

12. 下列方法不包括在产品成本计算的基本方法之内的是

A. 分批成本计算法　　　　B. 单件成本计算法

C. 分步成本计算法　　　　D. 分类成本计算法

【　　】

13. 下列哪种差异的产生是生产负责人的责任

A. 由非熟练工人执行的操作因降级使用熟练工人产生的人
工工资率差异

B. 由于工资率在劳资交涉中已经提高,但尚未反映在标准工
资率中

C. 质量控制标准发生了变化导致的人工效率差异

D. 计划部门对生产时间的不合理安排导致的人工效率差异

【　　】

94

14. 下列成本中,属于与决策无关的成本是

    A. 重置成本   B. 机会成本

    C. 判别成本   D. 可避免成本

【   】

15. 所谓成本习性,是指成本

    A. 经济内容   B. 经济用途

    C. 与利润的依存关系   D. 与业务量的依存关系

【   】

16. 企业应将融资租赁取得的资产归为长期资产,体现了哪项会计假设

    A. 会计主体概念   B. 稳健性

    C. 相关性   D. 实质重于形式

【   】

17. 格林公司现有生产能力已被充分应用,现有 A、B 两种零件的资料(单位:英镑)

产品	A	B
单位购买价格	33	31
自制的单位变动成本	26	24
自制分摊的单位固定成本	8	6
单位小时原有生产活动单位边际贡献	5	8

请计算分析该公司应作出的正确决策是

    A. 两种产品都自制   B. 两种产品都外购

    C. A 产品自制,B 产品外购   D. A 产品外购,B 产品自制

【   】

18. 已知生产一种产品,单位产品人工小时数为 7 小时,小时工资率为£12,若生产产品 60 件,则生产该产品人工总成本为

    A. 720   B. £5040   C. 0   D. £84

【   】

19. 已知森达公司有一个投资机会,两年后产生£400000收益,三年后产生£60000,该项目的目标收益率是15%,则现金流入量的现值是(注:$1/(1.15)^2=1.626$ $(1.15)^2=2.283$)

　　A.£1436300　　　　　　B.£1246300

　　C.£1653600　　　　　　D.£1563600

　　　　　　　　　　　　　　　　　　【　　】

20. 所有债务人账户归入

　　A. 采购分类账　　　　　　B. 销售分类账

　　C. 总分类账　　　　　　　D. 普通日记账

　　　　　　　　　　　　　　　　　　【　　】

请认真阅读下面的案例,然后回答第二、三题。

案例(纯属虚构)

　　Greenlake 公司是一家高新技术企业,作为该公司的首席执行官 Green 先生,总是致力于使公司发展得更快、更好,视公司生产技术及产品的更新换代为公司成长的生命线。他曾说,只有公司生产技术领先于别人,总是生产出更新、更优质的产品来,才能使 Greenlake 永远立于不败之地。

　　现在公司技术研究中心提出一种新型环保产品的制造方案,市场部进行了充分市场调研,向 Green 先生提供以下资料:

　　　　单位售价:　　　　　　£200

　　　单位变动成本

　　　　直接材料:　　　　　　£80

　　　　直接人工:　　　　　　£30

　　　　其他变动费用:　　　　£10

　　　固定成本总额:　　　　　£9600

请你对上述资料进行分析,并回答以下问题。

21. 计算销量达到多少时,公司达到盈亏平衡?并验证之。(6 分)

22. 销量达到多少时,公司将获利£10000?(4 分)

23. 公司制定决策增加公关策划费用£5000,可使销量从 250 件
增加到 350 件,这一决策是否划算?(5 分)

24. 在销量为 150 件,售价为多少时,公司可获利£800?(5 分)

三、本题包括 25—26 题两个小题,共 20 分。

25. 若公司本年度预计该产品销量是 160 件,试计算其安全边际和安全边际率,并解释计算安全边际的经济含义。(10 分)

26. 综合以上计算,概括本量利分析是通过对哪些方面的测算进行的?本量利分析是以哪些因素的关系为基础进行的?(10 分)

第二部分　选答题（满分 40 分）

（选答题部分包括第四、五、六、七题，每题 20 分。任选两题回答。不得多选，多选者整个选答题部分不给分）

得分	评卷人

四、本题包括 27—28 题两个小题，共 20 分。

27. 过度贸易有何特点，其发生原因是什么？（12 分）

得分	

28. 试述合伙企业股份有限公司资产负债表的区别？（8 分）

得分	

得分	评卷人

五、本题包括 29—30 题两个小题，共 20 分。

29. 列举三个股东比率，对其作出定义，并指出对其关注的使用者。（10 分）

得分	

30. 简述标准成本的分类以及标准成本法的作用。（10分）

得分

得分	评卷人

六、本题包括 31—32 题两个小题，共 20 分。

31. 列举三类综合预算和两类销售和生产预算,分别对其作出解释,并指出其编制基础。（15分）

得分

32. 简述预算的作用。（5分）

得分

得分	评卷人

七、本题包括 33—34 题两个小题,共 20 分。

33. 将资产负债表和利润表调整为现金流量表过程,有些项目应做必要调整,请列举出四类,并说明对该项目的处理。（12分）

得分

34. 简述国际会计准则中对于存货可变现净值的有关规定。（8
分）

参考答案和评分标准　No.6

一、本题包括 1—20 题二十个小题。每小题 1 分,共 20 分。

1. B	**2.** A	**3.** B	**4.** A	**5.** B
6. B	**7.** C	**8.** B	**9.** C	**10.** B
11. A	**12.** D	**13.** A	**14.** D	**15.** D
16. D	**17.** C	**18.** B	**19.** D	**20.** B

二、本题包括 21—24 题四个小题,共 20 分

21. 本题满分 6 分

根据盈亏平衡点分析:$SX = VC \times X + FC$ （2 分）

代入数据:$200X = 120 \times X + FC$　　　$X = 120$(件) （1 分）

验证:　　　　　　　　　　　　　　　　　£

销售收入　（200×120）　　　　24000

减:

变动成本　（120×120）　　　　（14400）

固定成本　　　　　　　　　　　（9600）

利润　　　　　　　　　　　　　　0

即:销售量为 120 单位时,达到盈亏平衡。（3 分）

22. 本题满分 4 分

计算利润为 £10000 时的销量:

利用公式:$P = SX - (VC \times X + FC)$（2 分）

代入数据:$10000 = 200X - (120X + 9600)$

$X = 245$(件)（2 分）

23. 本题满分 5 分

利用公式:$P = SX - (VC \times X + FC)$（2 分）

102

销量为 250 件时, $P = 200 \times 250 - (120 \times 250 + 9600)$
$$P = 10400 (英镑)(1分)$$
销量为 350 件时, $P = 200 \times 350 - (120 \times 350 + 9600 + 5000)$
$$P = 13400 (英镑)(1分)$$
可见,公关策划费用增加后,给公司带来了更多的利润,这一决策是正确的。(1分)

24. 本题满分 5 分
依据公式: $SX = VC \times X + FC + P$ (2分)
代入数据: $S \times 150 = 120 \times 150 + 9600 + 8400$
$$S = 240 (英镑)(2分)$$
即:售价为 240 英镑,可使利润达到 8400 英镑。(1分)

三、本题包括 25—26 题两个小题,共 20 分

25. 本题满分 10 分
根据 21 题结果,知盈亏平衡点时,销量为 120 件。

预计销售量　　　　　160 件　　　　(1分)
盈亏平衡点销量　　　120 件　　　　(1分)
安全边际　　　　　　40 件　　　　　(1分)
安全边际率 $= 40/160 \times 100\% = 25\%$ 　　　　(2分)
计算安全边际的经济含义:
安全边际是指正常销售额超过盈亏平衡点销售量的差额,它表明销售量下降多少时,企业不致亏损。(2分)它也可以用超过盈亏平衡点销售量占实际销售量的百分比表示。(1分)安全边际常用来衡量不能达到盈亏平衡点的风险程度,或企业不至于亏损的安全程度。(2分)

26. 本题满分 5 分
本量利分析通常是通过两方面的测算进行的。

一方面是测算销售数量、销售价格、成本以及与这些相联系的变化对利润的影响。（3分）

另一方面是测算盈亏平衡点（2分）

本量利分析是以各因素之间的关系为基础的，表现为：

（1）销售收入等于单位产品售价乘以产品销售数量。（1分）

（2）变动成本总额等于单位变动成本乘以产品销售数量。（1分）

（3）单位产品销售价格减去单位产品变动成本等于单位边际贡献，单位边际贡献乘以销售数量等于边际贡献总额。（1分）

（4）在相关范围内，固定成本总额是固定不变的，它不随业务量的变动而变动。（1分）

（5）利润是销售收入与总成本的差额。（1分）

四、本题包括 27—28 题两个小题，共 20 分。

27. 本题满分 12 分

特点：

（1）销售量明显增加；（2分）

（2）毛利率较低；（2分）

（3）应收账款周转天数、应付账款周转天数以及存货周转率等比率均恶化；（2分）

（4）越来越依赖于短期负债。（2分）

过度贸易的发生原因：

（1）是由于没有对营运资金进行有效控制，以至于没有足够的资金用于满足流动负债的偿付需求。（2分）

（2）过度贸易一般是应收账款、应付账款以及存货增长得太快的结果。（2分）

28. 本题满分 8 分

合伙企业的资产负债有与有限公司的资产负债表区别最明显的差别体现在资本来源上。合伙企业的资本来源一般体现为权益资本和业主往来的余额;(4分)有限公司的资本来源则较为复杂,常常由普通股、优先股、一般准备、留存收益等项目构成。(4分)

五、本题包括 29—30 题两个小题,共 20 分。

29. 本题满分 10 分

股东比率:

(1) 每股收益:是企业的利润在每股普通股上分摊得出的结果。(2分)

(2) 市盈率:将每股收益同股票的市场价格相比较。(2分)

(3) 股利倍数:是将普通股的收益同分配的股利金额相比较。(2分)

(4) 股利收益率:将支付的股利同股票的市场价格相比较,以衡量股东真实的收益率。(2分)

对之关注的使用者:股东、潜在投资者(2分)

30. 本题满分 10 分

标准成本的种类:

(1) 基本标准成本:以某一年成本为基础制定出来的标准成本。(2分)

(2) 理想标准成本:是在最优的生产条件下,生产技术和经营管理处于最佳状态时可能达到的最低成本。(2分)

(3) 可达标准成本:是在一定生产技术条件下,进行有效经营应该发生的成本。(2分)

标准成本法的作用:

(1) 有助于编制预算和评价管理业绩;

(2) 作业项控制手段,通过揭示那些与计划要求不一致的作

业,使决策者认识到可能失控的状况,并采取相应的纠正
措施;

(3) 提供制定决策所需要的成本预测信息;

(4) 用于存货计价,简化成本分配过程;

(5) 提供一个具有挑战性的成本目标,激励员工。

【评分说明】考生答出以上任意 4 点标准成本法的作用即可得
满 4 分。

六、本题包括 31—32 题两个小题,共 20 分

31. 本题满分 15 分

三类综合预算:

(1) 现金预算,即预计的现金流量表,用来揭示现金过剩或现
金短缺的可能性,便于企业合理调配现金使用。其编制基
础是收入实现制。(3分)

(2) 利润预算,即预计的利润表。其编制基础是权责发生制。
(3分)

(3) 资源预算,即预计的资产负债表。其编制基础是权责发生
制。(3分)

两类销售和生产预算:

(1) 销售额预算:是将相同品种产品的两个因素单位和单价
相乘。其编制基础是销售预测。(3分)

(2) 生产量预算:即销量加期末存货减期初存货的结果。其编
制基础是销售预测。(3分)

32. 本题满分 5 分

预算的作用:

(1) 预算使计划具体化;(1分)

(2) 预算使不同部门的工作协调化;(1分)

(3) 预算为责任会计的实施提供了基础;(1分)

（4）预算能够控制成本支出；(1分)

（5）预算能够激励员工提高业绩。(1分)

七、本题包括 33—34 题两个小题，共 20 分

33. 本题满分 12 分

四类项目的调整：

（1）应收款项：(3分)

年度内应收款项增加的金额，从利润中减去，能得到经营活动现金净流量。

年度内应收款项减少的金额，加到利润中去，能得到经营活动现金净流量。

（2）应付款项：(3分)

本年度内应付款项增加的金额，从购货金额中减去，能得到本年度的现金支出金额。

本年度内应付款项减少的金额，加到购货金额中去，能得到本年度的现金支出金额。

（3）存货：(3分)

经营年度内存货的增加金额，从利润中减掉，能得到经营活动现金流量金额。

经营年度内存货的减少金额，加回到利润中去，能得到经营活动现金流量金额。

（4）折旧：(3分)

将利润调整为经营活动现金流量时，需要将折旧加回到利润中去才能得到经营活动现金流量金额。

34. 本题满分 8 分

国际会计准则中，关于存货可变现净值的规定：

（1）对可变现净值的估价，不应看价格或成本一时的变动，而应根据估计存货可变现价值时最可靠的证据来估计。（2

分)

（2）存货应逐项或以类似项目为组,减记到可变现净值,不论采用什么方法都应在不同的会计期间一贯使用。（2分）

（3）为履行确定的销售合同所置存的存货数量,应按合同价确定其可变现净值。（2分）

（4）用于制造产品所存的正常数量的材料和其他物料,如果有关制成品的销售所得将等于或高于历史成本,这些材料和物料就不应减记至低于历史成本。（2分）

高等教育自学考试中英合作商务管理专业与金融管理专业

《会计学》样卷 No. 7

(考试时间 150 分钟,满分 100 分)

注 意 事 项

1. 样卷试题包括必答题与选答题两部分,必答题满分 60 分,选答题满分 40 分。必答题为一、二、三题,每题 20 分。选答题为四、五、六、七题,每题 20 分,任选两题回答,不得多选,多选者整个选答题部分不给分。60 分为及格线。

2. 考试时间为 150 分钟。

3. 可使用计算器及直尺等文具答题。

4. 计算题应写出公式、计算过程,结果保留 2 位小数(除特别注明外)。

题号	必答题			选答题				总分
	一	二	三	四	五	六	七	
得分								

第一部分　必答题(满分 60 分)

(必答题部分包括第一、二、三题,每题 20 分)

一、本题包括 1—20 题二十个小题。每小题 1 分,共 20 分。在每小题给出的四个选项中,只有一项符合题目要求,把所选项前的字母填在题后的括号内。

1. 下列关于负债的理解,哪个是不正确的
   A. 负债起源于银行透支和赊购商品
   B. 负债就是企业所欠的
   C. 负债可以视为是对企业资产的要求
   D. 负债的清偿会造成企业现金或其他资源的流出

   【　　】

2. 在下列哪种情况下企业会有净收益
   A. 毛利小于费用　　　　　　　B. 毛利等于费用
   C. 成本小于收入　　　　　　　D. 毛利大于费用

   【　　】

3. 期末调整一般在期末或年末进行,调整项目一般不包括
   A. 预付款项　　B. 应收款项　　C. 应计费用　　D. 折旧准备

   【　　】

4. 采用余额递减法计算企业折旧,与下列因素无关的是
   A. 固定资产成本　　　　　　　B. 清理费用
   C. 残余价值　　　　　　　　　D. 使用年限

   【　　】

5. 股利倍数是将普通股收益同分配的股利金额相比较,请指出下列各项中与其计算直接相关的项目
   A. 优先股股利　　　　　　　　B. 市场价格

110

C. 每股收益　　　　　　　　　D. 股利支付率

【　　】

6. 已知 T·波特公司 19××年年末的息税前利润是£30000,会计期初股本为£120000,留存收益为£30000,则股本收益率是

　　A. 25%　　　　B. 20%　　　　C. 100%　　　　D. 33.3%

【　　】

7. 资产负债表中各项目数字主要根据(　　　　)填制

　　A. 有关账户的本期发生额　　　B. 有关账户的期末余额

　　C. 有关记账凭证　　　　　　　D. 有关凭证及账簿记录

【　　】

8. 企业进行会计核算采用一致性假设,所依据的前提是

　　A. 会计主体　　　　　　　　　B. 会计分期

　　C. 持续经营　　　　　　　　　D. 货币计量

【　　】

9. 下列各项关于股份有限公司的表述中不符合相关法规的是

　　A. 股份有限公司的董事薪金及费用是公司的正常经营费用,列示于利润表中的费用项目下

　　B. 股份有限公司是独立的法律实体和纳税实体

　　C. 股份有限公司的利润除用于发放股利外,常有盈利留存

　　D. 股份有限公司的资本来源一般体现为权益资本和业主往来的余额

【　　】

10. 固定资产折旧在性质上是

　　A. 费用　　　　　　　　　　　B. 负债

　　C. 资产　　　　　　　　　　　D. 资产的减项

【　　】

11. 已知斯通公司采用永续盘存制盘存存货数量,19×9 年 10 日购入和销售情况如下表

111

日期	购入存货		销售存货	
	数量	单价（£）	数量	单价（£）
10月1日	80	6	20	9
10月2日			40	6
10月3日	200	7		
10月5日			50	10
10月18日			20	11
10月30日			80	9
	280		210	

请用后进先出法计算斯通公司本月的销售毛利

A. 590　　　　B. 570　　　　C. 585　　　　D. 565

【　　】

12. 为便于记录和分析产品的成本,通常将构成产品成本的要素分为三类,下列不包括在这三类范围内的是

A. 材料　　　B. 人工　　　C. 间接费用　　D. 其他成本

【　　】

13. 斯通公司属制造企业,下列数据是公司对产品相关情况的一些预计:

单位售价：　　　　£120

单位变动成本：　　£40

固定成本总额：　　£3200

请计算盈亏平衡点时的销量

A. 80　　　　B. 40　　　　C. 60　　　　D. 120

【　　】

14. 下列成本中,属于与未来决策相关的成本是

A. 机会成本　　　　　　　　B. 重置成本

C. 沉落成本　　　　　　　　D. 可避免成本

【　　】

15. 在下列项目中,属于变动成本的是

A. 广告费　　　　　　　　　B. 办公费

112

C. 管理人员工资　　　　　D. 产品包装费

【　　】

16. 一家公司计划年度生产销售甲、乙两种产品,具体情况如下:

(单位:英镑)

	A	B	C	D
销售价格	30	28	42	19
变动成本	18	22	31	21
单位产品人工小时	5	3	10	2

在不考虑资源限制条件下,应优先生产的产品是

A. D产品　　B. C产品　　　C. B产品　　　D. A产品

【　　】

17. 下列各因素中,不属于影响决策的质的方面的要素是

A. 供应商　　B. 竞争者　　　C. 法律限制　　D. 资源限制

【　　】

18. 生产A、B、C三种产品,其中A产品60件,B产品80件,C产品120件;单位产品人工小时数为:A产品8小时,B产品12小时,C产品6小时;若生产三种产品人工总成本为:A产品£1920,B产品£2880,C产品£1800。则三种产品的小时工资率排序为

A. A＞B＞C　　　　　　B. B＞A＞C

C. A＞C＞B　　　　　　D. C＞A＞B

【　　】

19. 已知布托公司计划投资£91000,获取的年回报率为10%,则第三年现金流入量的终值是

A. £110110　　　　　　B. £121121

C. £133100　　　　　　D. £153121

【　　】

20. 所有债权人账户归入

A. 销售分类账　　　　　B. 总分类账

C. 普通日记账　　　　　　　D. 采购分类账

【　　】

请认真阅读下面的案例,然后回答第二、三题。

案例(纯属虚构)

　　Starpoint 公司作为一家生产制造型企业,其标准成本管理工作让很多同行效法。多年以来,Starpoint 正是凭着节约成本、技术创新,才使自己一直居于同行业的领先地位。

　　该公司首席执行官 Tom 先生原是公司技术执行官,对标准成本的管理更是了如指掌,Starpoint 公司是通过制作标准成本卡进行成本控制的。

　　Starpoint 公司目前正投产某种零部件需耗用 A、B、C 三种直接材料,该零部件的标准成本卡和公司本月发生的相关实际成本资料如下表:

标准成本卡

零部件××

单位标准成本			英镑
直接材料	原材料 A	20 公斤 @ £6/公斤	120
	原材料 B	25 公斤 @ £10/公斤	250
	原材料 C	30 公斤 @ £10/公斤	240
			£610
直接人工	8 小时 @ £3/小时		24

本月实际生产情况如下:		
实际产量	600 件	
实际耗用材料		
原材料 A	10000 公斤	£5.2/公斤
原材料 B	18000 公斤	£8.8/公斤
原材料 C	15000 公斤	£9.6/公斤
实际工时数	6000 小时	
实际工资总额	£15000	

　　设想你作为该公司一名成本会计人员,如何回答下列问题?

114

二、本题包括 21—24 题四个小题,共 20 分。

21. 计算直接材料价格差异。(5 分)

得分	

22. 计算直接材料耗费差异。(8 分)

得分	

23. 计算直接人工工资差异。(4 分)

得分	

24. 计算直接人工效率差异。(3 分)

得分	

得分	评卷人

三、本题包括 25—26 题两个小题,共 20 分。

25. 计算直接材料成本差异,判断差异是否有利,并分析差异出现的原因。(10 分)

得分	

26. 计算直接人工成本差异,判断是否为有利差异,并分析差异出现的原因。(10 分)

得分	

第二部分 选答题(满分 40 分)

(选答题部分包括第四、五、六、七题,每题 20 分。任选两题回答。不得多选,多选者整个选答题部分不给分)

得分	评卷人

四、本题包括 27—28 题两个小题,共 20 分。

27. 简述会计目标的层次和功能。(12 分)

得分	

28. 简述会计为决策制定者提供的会计信息的局限性。(8 分)

得分	

得分	评卷人

五、本题包括 29—30 题两个小题,共 20 分。

29. 举例说明资产、负债、所有者权益的含义。(12 分)

得分	

30. 简述资产表的编制目的和局限性,对资产负债表格式的影响因素有哪些?(8分)

六、本题包括 31—32 题两个小题,共 20 分。

31. 简述国际会计准则中关于存货的含义,存货的购进和销售应登记在什么账户中,为什么?(11分)

32. 简述存货业务中发生购货退回、销货退回以及像文具、机器或设备的退回的会计处理。(9分)

七、本题包括 33—34 题两个小题,共 20 分。

33. 叙述银行存款余额调节表的含义,并归纳现金日记账与银行对账单可能产生的差异及调整方法。(14分)

34. 简述边际成本计算的局限性及其服务目的。（6分）

参考答案和评分标准　No.7

一、本题包括 1—20 题二十个小题。每小题 1 分,共 20 分。

1. A　　2. D　　3. B　　4. B　　5. A
6. B　　7. B　　8. B　　9. D　　10. D
11. B　　12. C　　13. B　　14. A　　15. D
16. D　　17. C　　18. A　　19. B　　20. D

二、本题包括 21—24 题四个小题,共 20 分。

21. 本题满分 5 分

A 材料价格差异:$(5.2-6) \times 12000 = -9600$(有利差异)(1分)

B 材料价格差异:$(8.8-10) \times 8000 = -9600$(有利差异)(1分)

C 材料价格差异:$(9.6-8) \times 10000 = 16000$(不利差异)(1分)

直接材料价格差异:$-9600-9600+16000 = -3200$(有利差异)(2分)

22. 本题满分 8 分

A 材料标准用量:$20 \times 600 = 12000$ 公斤 (1分)

B 材料标准用量:$25 \times 600 = 15000$ 公斤 (1分)

C 材料标准用量:$30 \times 600 = 18000$ 公斤 (1分)

A 材料耗费差异:$10000-12000 = -2000$(有利差异)(1分)

B 材料耗费差异:$18000-15000 = +3000$(不利差异)(1分)

C 材料耗费差异:$15000-18000 = -3000$(有利差异)(1分)

直接材料耗费差异:$-2000+3000-3000 = -2000$(有利差异)(2分)

23. 本题满分 4 分

标准工时数：8×600＝4800 小时（1 分）

实际工资率：15000/6000＝2.5 英镑/小时（1 分）

直接人工工资差异：(2.5－3)×6000＝－3000（有利差异）（2 分）

24. 本题满分 3 分

直接人工效率差异：(6000－4800)×3＝3600（不利差异）（3 分）

三、本题包括 25—26 题两个小题，共 20 分

25. 本题满分 10 分

直接材料成本差异＝－3200－2000＝－5200（有利差异）（2 分）

(1) 直接材料价格差异应由采购部门负责。本例中 A、B 材料的价格差异为有利差异，可能因为采购部门采购了价格便宜的材料；C 材料价格差异为不利差异，可能由于市场环境的变化，导致原材料价格的上涨。（4 分）

(2) 直接材料耗费差异通常由控制用料的生产部门负责，正常情况下，耗用材料数量和加工过程中材料的正常损耗，生产部门可以控制。（4 分）

26. 本题满分 10 分

直接人工成本差异＝－3000＋3600＝600（不利差异）（2 分）

(1) 人工工资差异可能由于工资率在劳资交涉中已经提高，但未反映在标准工资率中，也可能是因为通常由于非熟练工人执行的操作却降级使用了熟练工人。这类差异是生产负责人的责任。多数情况下，差异由于标准工资率没

有跟上实际工资率的变化而产生,这通常不应由部门经理负责。(3分)

(2) 人工效率差异通常可以被生产负责人所控制,其产生的原因是多方面的。例如使用了质量低劣的原材料,不同技术等级的工人未能合理使用,机器维护运转不良,引进新型设备或新工具,以及生产工序的改变等。(3分)

(3) 人工效率差异并不总能够被生产负责人所控制,如可能由于计划部门对生产时间的安排不合理,或质量控制标准发生了变化等原因。(2分)

四、本题包括 27—28 题两个小题,共 20 分。

27. 本题满分 12 分

两个层次:

(1) 从个人的角度来讲,会计信息用于帮助计划未来的支出水平,控制支出水平,帮助筹资以及确定最佳的投资途径。(3分)

在个人层次上,会计有三个功能:计划、控制和决策支持。(3分)

(2) 从企业的角度来讲,会计目标用于控制组织的活动,计划未来的活动,帮助筹资以及向有关利益各方报告企业的活动和业绩。(3分)

会计除了用于计划、控制和决策等内部活动或具有这些功能外,还具有外部功能。(3分)

28. 本题满分 8 分

会计信息的局限性:

(1) 会计信息只是制定"有效"决策具有有必需信息的一种方法;(2分)

(2) 会计仍是一门不精确的学科,它要依赖大量的判断、估计

等;(2分)

(3) 会计处理过程的最终结果取决于所输入资料的质量,而在物价上涨时有些输入的资料在价值确定上不可靠;(2分)

(4) 会计系统有可能达不到预期的目的。(2分)

五、本题包括 29—30 题两个小题,共 20 分。

29. 本题满分 12 分

(1) 资产:现有或未来可用货币单位计量的经济利益或服务潜力的具体化,作为经济活动的结果归属于企业,而且企业对其的享有受到法律的保护。(3分)例如固定资产。(1分)

(2) 负债:企业由过去事项生产的现有债务,其清偿会造成企业资源的流出。(3分)例如应付款项。(1分)

(3) 所有者权益:企业所有者对企业资产的剩余要求,具体来说,所有者权益是总资产与总负债之间的差额,它是企业所有者对企业投资的结果,并随着企业利润或亏损的发生而增加或减少。(3分)例如留存收益。(1分)

【评分说明】考生答出每个含义给 1—3 分,能举出适当的例子给 1 分。

30. 本题满分 8 分

资产负债表实质上是企业或组织在某一时刻的资产和负债的清单,它代表某一时刻的财务状况,这本身就是一个局限性。(2分)

对资产负债表的影响因素:

(1) 战略因素。企业参与的活动对资产的分类能产生巨大影响,企业的活动还对编制资产负债表的难易程度产生很大影响。

（2）组织因素。决定资产负债表内容和格式的主要因素之一是组织结构的类型。

（3）环境因素。对资产负债表格式和内容最主要的影响是国家通过立法所造成的。

（4）报表使用者。不同的使用者对信息有不同的需要。

【评分说明】考生答其中三个影响因素并作适当解释,每个可得1—2分。

六、本题包括31—32题两个小题,共20分。

31. 本题满分11分

存货包括下列有形资产:

（1）在正常的营业过程中置存以便出售的;（1分）

（2）为了出售而处在生产过程中的;（1分）

（3）为在生产供销售的商品或服务的过程中消耗的。（1分）

存货的购进登记在采购账户;销售登记在销售账户。（4分）

原因:

（1）他们的计价基础不同:采购按成本计价而销售按售价计价。（2分）

（2）并非所有存货都能够立即销售,所以如果登记在一个账户,便会造成账簿所提供信息混乱无序。（2分）

32. 本题满分9分

（1）关于存货的购货退回的会计处理:借记债权人账户;贷记购货退回账户;（3分）

（2）关于存货的销货退回的会计处理:贷记债务人账户;借记销货退回账户。（3分）

（3）像文具、机器或设备退回的会计处理:分别贷记文具机器或设备账户;借记债权人账户。（3分）

33. 本题满分 14 分

(1) 银行存款余额调节表:企业在自己的日记账中要开设银行存款账户以记录银行存款收付数额,银行对企业的银行存款收付业务开立账户进行登记并定期向企业传送银行对账单的复印件。企业要将银行对账单和现金日记账进行对比,编制调整两者差异的调节表。(2 分)

(2) 现金日记账和银行对账单差异的原因有:

① 差错:通常由企业引起,但偶尔也会由银行的原因造成;(2 分)

② 由于业务不是来源于企业而造成的现金记账中的遗漏;(2 分)

③ 期末企业已收到的款项,但银行在下期期初才登记入账,这些款项被称为银行尚未入账的款项;(2 分)

④ 企业已支付但尚未结算的款项,这些款项被称为未兑现支票;(2 分)

(3) 调整方法:前两种原因需要调查分析并对现金日记账或银行日记账进行调整,后两种原因除了在下一张银行对账单到来时检查上面所列项目,不需要采取任何措施。(4 分)

34. 本题满分 6 分

边际成本的局限性:

(1) 低估存货;(1 分)

(2) 实务中人们偏好使用完全成本;(1 分)

(3) 固定成本必须要补偿,不可忽视;(1 分)

(4) 与一般会计惯例相冲突,不适于企业的会计公开。(1 分)
服务目的最好是用于管理会计的目的。(2 分)

高等教育自学考试中英合作商务管理专业与金融管理专业

《会计学》样卷 No. 8

(考试时间 150 分钟,满分 100 分)

注 意 事 项

1. 样卷试题包括必答题与选答题两部分,必答题满分 60 分,选答题满分 40 分。必答题为一、二、三题,每题 20 分。选答题为四、五、六、七题,每题 20 分,任选两题回答,不得多选,多选者整个选答题部分不给分。60 分为及格线。

2. 考试时间为 150 分钟。

3. 可使用计算器及直尺等文具答题。

4. 计算题应写出公式、计算过程,结果保留 2 位小数(除特别注明外)。

题号	必答题			选答题				总分
	一	二	三	四	五	六	七	
得分								

第一部分 必答题(满分 60 分)

(必答题部分包括第一、二、三题,每题 20 分)

得分	评卷人

一、本题包括 1—20 题二十个小题。每小题 1 分,共 20 分。在每小题给出的四个选项中,只有一项符合题目要求,把所选项前的字母填在题后的括号内。

1. 下列说法中不影响"资产—负债=所有者权益"会计等式的是
   A. 资产和负债项目同增同减
   B. 资产和负债项目一增一减
   C. 资产内部项目同增同减
   D. 负债及所有者权益项目同增同减
   【 A 】

2. T·波特赊销商品 2700 英镑给 L·博顿,第二年 L·博顿宣布破产,以其破产财产仅归还 T·波特 1000 英镑,则 T·波特将未能收回款项作如下处理
   A. 借记管理费用账户 1700 英镑,贷记 L·博顿账户 1700 英镑
   B. 借记坏账冲销账户 1700 英镑,贷记 L·博顿账户 1700 英镑
   C. 借记 L·博顿账户 1700 英镑,贷记管理费用账户 1700 英镑
   D. 借记 L·博顿账户 1700 英镑,贷记坏账冲销账户 1700 英镑
   【 　 】

3. 损益类账户会计年末结账后,一般应
   A. 有借方余额　　　　　　　B. 没有余额
   C. 有贷方余额　　　　　　　D. 借方或贷方余额
   【 A 】

4. 下列会计事项的处理符合应计制(权责发生制)的是
   A. 属本期收入本期末收到,不作为本期收入入账

B. 属上期收入本期收到,作为本期收入入账

C. 本期费用支出不属于本期负担,仍作为本期费用入账

D. 属本期应担费用尚未支付,作为本期费用入账

【　　】

5. 国际会计准则规定:折旧会计中,对应计折旧资产的主要类别可以不列明的项目是

A. 所使用的折旧方法

B. 报告期资产总额

C. 所使用的年限或折旧率

D. 应计折旧资产总额及累计折旧额

【　　】

6. 已知 T·波特公司 19××年年末的税后净利润是£50000,如果流动资产是£600000,流动负债是£500000,长期资产是£900000,则该公司总资产净利率是

A. 5%　　　　B. 3.33%　　　　C. 5.56%　　　　D. 12%

【　　】

7. 损益表中各项目的数字主要根据

A. 有关账户的本期发生额　　　B. 有关账户的期末余额

C. 有关记账凭证　　　　　　　D. 有关凭证及账簿记录

【　　】

8. 持续经营为(　　　)提供了理论依据

A. 会计计量　　　　　　　B. 会计要素确认

C. 会计对象　　　　　　　D. 会计等式

【　　】

9. 与个体贸易商相比较,下列哪一项不是合伙企业会计报表的特点

A. 每个合伙人的权益资本都单独列出

B. 主要的非资本性交易将能够反映在现行报表上

C. 利润在合伙人之间分配,然后提取盈余留存

D. 其他组织和个人贷款给企业的业务,与其他债权人贷款一样,不计入合伙人的资本账户

【　　】

10. A 公司兼并 B 公司,B 公司的资产总额为£5000000,负债总额为£200000,所有者权益为£3000000,A 公司实际支付了£3500000 兼并 B 公司,则 B 公司的商誉价值为
   A. £5000000　　　　　　　　B. £3500000
   C. £1500000　　　　　　　　D. £500000

【　　】

11. 已知斯通公司采用永续盘存制盘存存货数量,19×9 年 10 日购入和销售情况如下表

日期	购入存货		销售存货	
	数量	单价(£)	数量	单价(£)
10 月 1 日	80	6	20	9
10 月 2 日			40	6
10 月 3 日	200	7		
10 月 5 日			50	10
10 月 18 日			20	11
10 月 30 日			80	9
	280		210	

请用加权平均法计算斯通公司本月销售毛利
   A. 590　　　　B. 570　　　　C. 585　　　　D. 565

【　　】

12. 下列说法中,不属于标准成本法的作用的是
   A. 有助于编制预算和评价管理业绩
   B. 提供制定决策所需要的成本预测信息
   C. 计算上掺杂了人为因素,不十分准确
   D. 用于存货计价,简化成本分配过程

【　　】

13. 已知斯通公司本年度预计销售量是 1200 件,盈亏临界点销量

是 840 件,请问该企业安全边际率是

A. 70%　　　　B. 30%　　　　C. 20%　　　　D. 80%

【　　】

14. 下列成本,属于与未来决策相关的成本是

A. 重置成本　　　　　　　B. 不可避免成本

C. 沉落成本　　　　　　　D. 过去成本

【　　】

15. 下列有关变动成本和固定成本的说法正确的是

A. 变动成本法下的产品成本,包括全部成本中的变动成本

B. 采用变动成本法,不仅可以简化费用的分摊工作,而且在
固定成本与变动成本的划分上具有完全的客观性,也不需
复杂的计算

C. 固定成本是指其总额始终保持不变的成本

D. 业务量在相关范围内变动,单位变动成本是固定不变的

【　　】

16. 一家公司计划年度生产销售甲、乙两种产品,具体情况如下:

(单位:英镑)

	A	B	C	D
销售价格	32	27	40	25
变动成本	18	17	22	13
单位产品人工小时	5	2	6	3

若考虑资源限制条件,应优先生产的产品是

A. D 产品　　B. C 产品　　　C. B 产品　　　D. A 产品

【　　】

17. 采购部门的预算必须要根据生产部门的需要而决定,这体现
了预算的哪一项作用

A. 预算使计划具体化

B. 预算为责任会计提供了基础

C. 预算使不同部门工作协调化

D. 预算对成本支出的控制

【　　】

18. 已知某企业生产 A、B、C 三种产品，销售额分别为 A 产品
£2880，B 产品£1800，C 产品£1920；销售量分别为：A 产品
120 件，B 产品 90 件，C 产品 60 件；三种产品单位变动成本分
别为：A 产品£18，B 产品£15，C 产品£23。请计算并比较三
种产品边际贡献总额的大小

A. A＞B＞C　　　　　　　　B. A＞C＞B

C. C＞B＞A　　　　　　　　D. C＞A＞B

【　　】

19. 下列关于净现值法的说法不正确的是

A. 现金流出量减去现金流入量的现值，就是净现值

B. 净现值是将投资机会所产生的所有现金流入和现金流出，
按照预定的回报率进行折现而获得的现值

C. 回报率的选择与公司的经营环境，货币时间价值等因素有
关系

D. 回报率指股东或其他资本提供者所要求的报酬率

【　　】

20. 关于生产过程中各项耗费的计量依据的会计原则是

A. 现行成本　　　　　　　　B. 历史成本

C. 重置成本　　　　　　　　D. 可变现价值

【　　】

请认真阅读下面的案例，然后回答第二、三题。
案例（纯属虚构）

　　Orent 商店的业主 Kate 是一位很务实的经营者，他学问不
高，但是踏实肯干，把一家小店经营得生机勃勃。四周的居民都能
从这家小店买到新鲜的水果、物美价廉的日常用品等。同时，Kate
也是一位理财高手，他通过自学获得了财务知识，要求自己严格按
照正规的会计规则登记账簿，制作报表。下面是 Orent 商店截止

1998 年 12 月 31 日的财务资料

1999 年 12 月 31 日损益表摘要

净利润	12000
利息费用净额	550
税前净利润	11450
税金	750
税后净利润	10700
已发和拟发股利	3000
留存利润	£7700

已知净利润£12000 是计入£1250 折旧费后的利润,还包括出售固定资产的亏损£900。

资产负债表摘要

	1998 年 12 月 31 日	1999 年 12 月 31 日
	£	£
存货	986	750
应收账款	1500	800
现金	300	500
	2786	2050
应付账款	600	800

请你阅读 Orent 商店的上述资料,然后回答下列问题:

得分	评卷人

二、本题包括 21—24 四个小题,共 20 分

21. 分析折旧项目在现金流量表中应如何处理。(4 分)

得分	

132

22. 分析出售的固定资产在现金流量表中的处理。(4 分)

得分

23. 资产负债表中现金、存货在现金流量表中的处理。(6 分)

得分

24. 资产负债表中应收账款、应付账款在现金流量表中的处理。(6 分)

得分

得分	评卷人

三、本题包括 25—26 题两个小题,共 20 分。

25. 请编制现金流量表。(10 分)

得分

26. 列举出损益表中出现的利息、税金、股利等与现金流量无关的项目(不少于 5 个)。(10 分)

得分 |

134

第二部分　选答题(满分 40 分)

(选答题部分包括第四、五、六、七题,每题 20 分。任选两题回答。不得多选,多选者整个选答题部分不给分)

得分	评卷人

四、本题包括 27—28 题两个小题,共 20 分。

27. 谈谈现金预算的特点和作用。(10 分)

得分	

28. 谈谈应计制会计的含义及其优点,它与现金制会计在哪类项目的确认上有差异(列举出不少于 4 个项目)?(10 分)

得分	

得分	评卷人

五、本题包括 29—30 题两个小题,共 20 分。

29. 列举存货收入或发出的三种方法,并举例说明其含义及适用条件。(12 分)

得分	

30. 简述在无资源限制条件下的决策原则,并举例说明确定一种资源限制条件下的最优方案。(8分)

六、本题包括 31—32 题两个小题,共 20 分。

31. 解释收入的含义,并举例说明收入实现的原则。(10分)

32. 简要说明统驭账户的调整,并举例说明抵销分录。(10分)

七、本题包括 33—34 题两个小题,共 20 分。

33. 简要说明国际会计中关于折旧、应计提折旧资产使用年限的含义,并指出对应计折旧资产的主要类别应列明的项目。(11分)

34. 举例说明借款净值率、已付利息倍数、股利倍数三者的含义，并指出其属于哪类比率。（9分）

参考答案和评分标准　No.8

一、本题包括 1—20 题二十个小题。每小题 1 分，共 20 分。

1. A　　2. B　　3. B　　4. D　　5. B
6. A　　7. A　　8. A　　9. C　　10. D
11. C　　12. C　　13. B　　14. A　　15. D
16. C　　17. C　　18. B　　19. A　　20. B

二、本题包括 21—24 题四个小题，共 20 分。

21. 本题满分 4 分

计提折旧￡1250 应作为与资金运动无关项目的调整加在净利润上。(4 分)

22. 本题满分 4 分

出售的固定资产亏损￡900 应作为与资金运动无关项目的调整加在净利润上。(4 分)

23. 本题满分 6 分

现金项目无需调整(3 分)

存货的减少 986－750＝￡236 应作为与资金运动无关项目的调整加到净利润中,作为与资金运动无关项目的调整。(3 分)

24. 本题满分 6 分

应收账款的减少 1500－800＝￡700,应作为与资金运动无关的项目加到净利润中(3 分)

应付账款的增加 880－600＝￡280,应作为与资金运动无关的项目加到净利润中(3 分)

25. 本题满分 10 分

Orent 公司营业利润的经营活动现金调节表(单位:£)

1999. 12. 31

息税前净利润		12000
与资金运动无关项目的调整		
折旧	1250	
出售资产损失	900	
		21500
存货减少	236	
应收账款减少	700	
应付账款增加	280	1216
		£15366

26. 本题满分 10 分

(1) 折旧不影响现金流量的记账分录(2 分)

(2) 出售资产的损益:按销售价格取得的现金收入属于现金流量(2 分)

(3) 应计和预付款项:损益表中的收入和费用是依照相关会计原则确定的,它不代表现金的收付(2 分)

(4) 销售收入(现销和赊销收入):现销收入和收回应收账款属于现金流量。(2 分)

(5) 销货成本(期初和期末存货调整的现购与赊销):全年购货付出的现金和偿付的应付款项是现金。(2 分)

四、本题包括 27—28 题两个小题,共 20 分。

27. 本题满分 10 分

现金预算的特点:

(1) 现金的收入和支付日期,并不是销售和购买发生的日期;
(2 分)

（2）现金预算对不影响现金流量的项目不予考虑；（2分）

（3）涉及到资本流入的现金和有关现金流出的业主提款、税款支付、股利支付等项目都应在现金预算中体现。（2分）

作用：

（1）编制现金预算，可能揭示现金过剩或现金短缺的可能性，使企业能够将暂时富余的现金转入投资并在现金短缺之前收回现金。（2分）

（2）现金预算的编制，还可以对其他财务计划提出改进建议。（2分）

28. 本题满分10分

应计制指收入与费用应该在其获得或发生时确认，而不是在货币收到或支付时确认，同时，收入应在其发生的会计期间内与其相关的费用相配比。（4分）

优点：符合配比原则。（2分）

应计制会计和现金制会计在以下项目的确认上有差异：

（1）应收款项（1分）

（2）应付款项（1分）

（3）存货（1分）

（4）折旧（1分）

五、本题包括 29—30 题两个小题，共 20 分。

29. 本题满分12分

存货收入和发出的三种方法：

（1）先进先出法是建立在先购进的商品先售出这个人为假设基础之上的。（2分）

其适用于任何与消费品有关的行业或企业。（1分）

（2）后进先出法所依据的假设是后购进的商品先售出。（2分）

其适用于提供能在未来维持的利润数值。（1分）

140

（3）加权平均法并没有对存货在企业中的流动作任何假设。只需计算单位存货的加权平均成本。然后乘以出售的商品数量。（2分）

加权平均法是较为中性的,他所计算出的利润和存货数额介于先进先出法和后进先出法所计算的结果之间。（1分）

【评分说明】若考生答出的理论部分正确,满分为 9 分,举出适当的例子加 3 分。

30. 本题满分 8 分

（1）无资源限制条件下的决策原则是:固定成本是不可避免的,与决策不相关,如果有能给企业带来正的边际贡献的机会,企业应接受这一机会。（3分）

（2）确定一种资源限制条件下的最优方案:首先确定各方案的边际贡献,接着将边际贡献为负值的方案剔除,然后计算边际贡献为正值方案的单位资源创造的边际贡献。（3分）

【评分说明】若考生答出的理论部分正确,满分为 6 分,举出适当的例子加 2 分。

六、本题包括 31—32 题两个小题,共 20 分。

31. 本题满分 10 分

（1）收入:在企业的正常经营活动过程中,由于销售商品货物、提供劳务以及他人使用企业资源而产生的现金、应收款项或其他订约要因(或对价)的总流入。（3分）

（2）收入只应在下列时间确认:形成收入的过程实质上完成时;能够合理确定产品和劳务的应收取款项。（3分）

【评分说明】若考生答出的理论部分正确,满分为 6 分,举出适当的例子加 4 分。

32. 本题满分 10 分

   (1) 统驭账户的调整：统驭账户的余额应该与所属的各个分
      类账户余额合计数一致，如果不一致，则说明统驭账户和
      分类账户中可能存在登记或合计错误，企业需要对记录
      进行检查，查找错误，最后对账户记录做出调整，使得二
      者一致相符。(4 分)

   (2) 抵销记录：余额的相互抵销通过将较小余额结转到较大
      余额所在的账户，此结转记录称为抵销记录。(2 分)
      抵销记录的原因是：企业的有些债务人同时也是债权人，
      因此应对他们设置销售分类账和采购分类账。(2 分)
      例如债务人付款给企业，企业付钱给债权人，应将上两个
      余额相互抵销。(2 分)

七、本题包括 33—34 题两个小题，共 20 分。

33. 本题满分 11 分

   折旧，指按照资产的预计使用年限分配其应计折旧额。(2 分)
   折旧资产的含义：

   (1) 预计使用年限超过一个会计年度；(1 分)

   (2) 具有有限的使用年限；(1 分)

   (3) 企业所持有而用于生产、提供商品或劳务、对外出租或用
      于行政管理。(1 分)

   使用年限的含义：

   (1) 企业预计使用应计折旧资产的年限(1 分)

   (2) 企业预计可由该资产所得到的产量或类似的计量单位。
      (1 分)

   对应计资产的主要类别应列明下列各项：

   (1) 所使用的折旧方法；(1 分)

   (2) 使用的年限或折旧率；(1 分)

   (3) 报告期折旧额总计；(1 分)

(4) 应计折旧资产总额及累计折旧额。（1分）

34. 本题满分 9 分

(1) 借款净值率：指借款占净值的百分比，他衡量的是企业普通股股东的风险程度。如企业负债总额为 80000 英镑，净值为 160000 英镑，那么该比率为 50%。它是反映企业资本结构的比率。（3分）

(2) 已付利息倍数：将息税前利润除以利息费用的比值，反映所获利润支付到期利息的能力。如企业息税前利润为 100000 英镑，利息总额为 10000 英镑，则已获利息倍数为 10 倍。它是反映企业资本结构的比率。（3分）

(3) 股利倍数：将普通股的收益同分配的股利金额相比较。如企业普通股收益为 500000 英镑，普通股股利为 100000 英镑，则股利倍数是 5 倍。它是股东比率。（3分）

高等教育自学考试中英合作商务管理专业与金融管理专业

《会计学》样卷 No. 9

（考试时间 150 分钟,满分 100 分）

注 意 事 项

1. 样卷试题包括必答题与选答题两部分,必答题满分 60 分,选答题满分 40 分。必答题为一、二、三题,每题 20 分。选答题为四、五、六、七题,每题 20 分,任选两题回答,不得多选,多选者整个选答题部分不给分。60 分为及格线。

2. 考试时间为 150 分钟。

3. 可使用计算器及直尺等文具答题。

4. 计算题应写出公式、计算过程,结果保留 2 位小数(除特别注明外)。

题号	必答题			选答题				总分
	一	二	三	四	五	六	七	
得分								

第一部分　必答题（满分 60 分）

（必答题部分包括第一、二、三题，每题 20 分）

得分	评卷人

一、本题包括 1—20 题二十个小题。每小题 1 分，共 20 分。在每小题给出的四个选项中，只有一项符合题目要求，把所选项前的字母填在题后的括号内。

1. 下列各因素中，相比较而言，对资产负债表格式的影响不大的是
   A. 战略因素　　　　　　　　B. 经济因素
   C. 组织因素　　　　　　　　D. 报表使用者因素
   【　　】

2. T·波特赊销商品 2000 英镑给 L·博顿，后因 L·博顿出国无法偿还，T·波特将此款项列作坏账冲销，第四年，L·博顿回国偿还所欠款项 2000 英镑，T·波特应作如下处理
   A. 借记 L·博顿账户 2000 英镑，贷记坏账冲销账户 2000 英镑
   B. 借记 L·博顿账户 2000 英镑，贷记管理费用账户 2000 英镑
   C. 借记管理费用账户 2000 英镑，贷记 L·博顿账户 2000 英镑
   D. 借记坏账冲销账户 2000 英镑，贷记 L·博顿账户 2000 英镑
   【　　】

3. 下列项目中，不会对已销存货成本构成影响的项目是
   A. 期初存货成本　　　　　　B. 期末存货成本
   C. 销货运费　　　　　　　　D. 本期购货成本
   【　　】

4. 损益类账户的结构与所有者权益类账户的结构
   A. 无关　　　　　　　　　　B. 相反
   C. 完全一致　　　　　　　　D. 基本上相同

145

5. 已知 Sainbury 公司本年度每股税后净利 1.4 英镑,支付优先股股东 0.2 英镑,股利倍数为 2 倍,试问该公司普通股股利为

 A. 0.6 英镑
 B. 0.4 英镑
 C. 0.8 英镑
 D. 1.2 英镑

6. 已知 T·波特公司 19××年年末的利息、税金、股利前的经营利润是 £50000,有形长期资产是 £450000,无形资产是 £50000,流动资产是 £130000,流动负债是 £90000,银行透支为 £10000,请计算该公司经营资产净利率

 A. 11%　　　B. 10%　　　C. 12%　　　D. 8.33%

7. 计算酸性测试比率(速动比率)时,速动资产中不包括存货的原因是

 A. 存货的数量不易确定
 B. 存货的变现能力最低
 C. 存货的价值波动较大
 D. 存货的质量不易保证

8. 下列各项错误中,其发生对试算平衡和最终报表均无影响的是

 A. 疏漏之错　　B. 替代之借　　C. 原则之借　　D. 抵销之错

9. 下列各说法中,不符合有关有限公司相关法规的是

 A. 公司的法人财产由股东投入的股本形成
 B. 公司的法人财产一旦形成,便具有完全的独立性
 C. 公司的盈亏表现为法人财产的增加和减少
 D. 对公司的负债,股东负有除法人财产外的连带偿债责任

10. 斯通公司 19×9 年初购入 A 公司表决权股份,实际支付价款 £1000000,当年 A 公司经营获利 £500000,发放股利 £100000,则斯通公司 19×9 年末的股票投资额为

A. £1000000   B. £1160000

C. £1200000   D. £1100000

【   】

11. 已知 T·波特公司本年度利润是£30000,应收款项增加了
    £4000,应付款项增加了£2000,存货增加了£5000,则经营
    活动现金净值量是

    A. £23000   B. £27000

    C. £37000   D. £39000

【   】

12. 下列步骤中,不属于制定标准成本的方法是

    A. 制定材料标准成本

    B. 制定人工标准成本

    C. 制定间接生产费用分配率

    D. 标准成本卡

【   】

13. T·博顿公司属制造企业,下列数据是公司对相关情况的一些
    预计:

          单位售价: £120

          固定成本总额: £2400

          盈亏平衡点时销量: 60 件

    请计算单位变动成本

    A. £40   B. £60   C. £80   D. £120

【   】

14. 下列成本中,属于与未来决策相关的成本是

    A. 沉落成本   B. 机会成本

    C. 过去成本   D. 不可避免成本

【   】

15. 在变动成本法下,下列不包括在产品成本范围内的是

    A. 直接材料   B. 直接人工

C. 产品包装费   D. 广告费

【　　】

16. 一家公司计划年度生产销售甲、乙两种产品,具体情况如下:

(单位:英镑)

	A	B	C	D
销售价格	32	35	27	22
变动成本	18	17	15	24
单位产品人工小时	7	6	3	25

如果该公司兼顾成本效益,应优先生产的产品是

A. D 产品   B. C 产品   C. B 产品   D. A 产品

【　　】

17. 一般说来,在企业预算制定过程中,各个责任中心的部门预算在公司同意和接受之间,有一个协调的过程,其中担当中间人的一方是

A. 责任中心负责人   B. 部门预算的编制人员

C. 负责预算的会计师   D. 部门负责人的上级管理者

【　　】

18. 下列预算中,属于综合预算的是

A. 销售额预算   B. 生产量预算

C. 现金预算   D. 人工成本预算

【　　】

19. 已知政府机关准备设立一项奖金,每年计划发放£12000,若利率为6%,现在应存入

A. £2000000   B. £1200000

C. £1000000   D. £1800000

【　　】

20. "应收账款"账户期初余额为£20000,本期增加额为£22000,期末余额为£10000,则本期减少额为

A. £42000   B. £32000

C. ￡22000　　　　　　　　　　D. ￡30000

请认真阅读下面的案例,然后回答第二、三题。

案例(纯属虚构)

　　Martin 是一位私人企业主,他正在思考一项投资的问题,他建立了自己的 Martin 装饰公司已经好几年了,业绩斐然,受到了同业的瞩目。公司现有闲置资金,正在寻找新的投资方向,经充分市场调研,有以下两个方案可供选择,公司可获稳妥的收益。

　　方案 I

　　购买新设备(使用期 5 年,预计残值收入为设备总额的 10%,按直线法计提折旧,设备交付使用后每年可实现￡840 的净利润。

　　公司的资本成本率为 10%,不考虑税收,公司希望在 5 年内收回投资,目标会计收益率为 20%。

　　方案 II

　　购入政府债券(五年期,年利率 14%,不计复利,到期一次支付利息)

　　说明:年份　　　0　　1　　2　　3　　4　　5

　　10%折现率　　1　0.909　0.862　0.751　0.683　0.621

　　$n=5, r=10\%$ 年终值系数为 3.791

　　请你回答下列问题,帮助 Martin 先生作出合适的选择。

得分	评卷人

二、本题包括 21—24 题四个小题,共 20 分

21. 计算投资方案 I 的净现值。(5 分)

得分	

22. 计算投资方案 I 的会计收益率。(5分)

23. 计算投资方案 I 的回收期(非折现)。(5分)

24. 计算投资方案 I 的回收期(折现)。(5分)

得分	评卷人

三、本题包括 25—26 题两个小题,共 20 分。

25. 计算投资方案 II 的净现值,通过比较对两种投资方案进行选择。(10分)

26. 请比较会计收益率法、回收期法、动态回收期法、净现值法计算的优缺点。(10分)

第二部分　选答题(满分 40 分)

(选答题部分包括第四、五、六、七题,每题 20 分。任选两题回答。不得多选,多选者整个选答题部分不给分)

得分	评卷人

四、本题包括 27—28 题两个小题,共 20 分。

27. 简述分类账的定义及其一般分类(10 分)

得分	

28. 什么是普通日记账?它包括的经济业务主要有哪些?(10 分)

得分	

得分	评卷人

五、本题包括 29—30 题两个小题,共 20 分。

29. 简述暂记账户的含义及其应用并举列说明。(10 分)

得分	

30. 阐述定额准备金制度的含义和作用并举例予以说明。（10分）

六、本题包括 31—32 题两个小题,共 20 分。

31. 简述可疑债务准备的含义、计提标准,举例说明其在资产负债
    表上的列示。（10分）

32. 简述可疑债务准备计提依据的原则、该原则的含义、中国会计
    准则的相关规定。（10分）

七、本题包括 33—34 题两个小题,共 20 分。

33. 谈谈电算化系统的优缺点。（8分）

34. 简述影响会计决策的质的方面的因素。(12 分)

一、本题包括 1—20 题二十个小题。每小题 1 分,共 20 分。

1. B	**2.** A	**3.** C	**4.** D	**5.** C
6. B	**7.** B	**8.** B	**9.** D	**10.** C
11. A	**12.** C	**13.** C	**14.** B	**15.** D
16. A	**17.** C	**18.** C	**19.** A	**20.** B

二、本题包括 21—24 题四个小题,共 20 分。

21. 本题满分 5 分

　　(1) 计算各年的现金流量(3 分)

　　　　初始投资现金流量(第 1 年年初)＝－100000(英镑)

　　　　设备年折旧额＝100000×(1－10％)/5＝18000(英镑)

　　　　营业过程现金流量(第 1—5 年)

　　　　18000＋8400＝26400(英镑)

　　　　终结现金流量(第 5 年年末)

　　　　100000×10％＝10000(英镑)

　　(2) 该投资方案净现值(2 分)

　　　　2600×3.791＋10000×0.621－100000＝6292.4(英镑)

22. 会计收益率法计算投资方案 I

年份	现金流量净额(£)	折旧(£)	利润(£)
1	26400	18000	8400
2	26400	18000	8400
3	26400	18000	8400
4	26400	18000	8400
5	26400	18000	8400

　　利润总额＝8400＋8400＋8400＋8400＋8400＝52000(英镑)

平均利润＝52000/5＝10400(英镑)

平均投资＝(100000＋0)/2＝50000(英镑)

会计收益率＝(10400/50000)×100％＝20.8％

会计收益率为 20.8％,高于目标会计收益率 20％,所以该项目应该被接受。

23. 本题满分 5 分

回收期法计算投资方案 I

年份	现金流量(£)	累计现金流量(£)
0	(100000)	(100000)
1	26400	73600
2	26400	47200
3	26400	20800
4	26400	5600
5	36400	42000

在第四年能够收回投资,具体计算为:

3＋20800/26400＝3.79(年)

这一回收期短于五年的目标回收期,该方案可以接受。

24. 本题满分 5 分

动态回收期法

年份	现金流量(£)	折旧计算值(£)	累计现金流量(£)
0	(100000)	(100000)	(100000)
1	26400	23998	(76002)
2	26400	21806	(54196)
3	26400	19826	(34370)
4	26400	18031	(16339)
5	26400	22604	6265

在第五年收回投资,具体计算为:

$4+16339/22604=4.72(年)$

这一回收期短于五年的目标回收期,该方案可以接受。

三、本题包括 25—26 题两个小题,共 20 分

25. 本题满分 10 分

净现值法计算投资方案 Ⅱ

(1) 购买政府债券于到期日所获的本利和为:

$100000×(1+14\%×5)=170000(英镑)$

(2) 按 10% 折算的现值为:

$170000×0.621=105570(英镑)$

(3) 该方案的净现值为:

$105570-100000=5570(英镑)$

根据 21 题的结果 ￡6292.4＞￡5570,因而应选取投资方案 Ⅰ 进行投资。

26. 本题满分 10 分

(1) 会计收益率法忽视了现金流入或利润实现的时间,而只是将其平均化,视各年度收到的利润在本质上不存在差别。

(2) 回收期法(非折现)忽略了回收期之后的现金流量,也没有考虑货币的时间价值。

(3) 动态回收期法和净现值法既考虑了所有相关的现金流量,又考虑了现金流量的时间分布问题,是比较科学的评价方法。

四、本题包括 27—28 题两个小题,共 20 分。

27. 本题满分 10 分

分类账是用来对企业的每一种收入、费用、资产、负债和所有者权益进行分类登记的账簿。(2分)

分类如下：

(1) 所有债务人账户归入销售分类账；(2分)

(2) 所有债权人账户归入采购分类账；(2分)

(3) 所有现金和银行存款账户归入日记账，同时可能会有零用现金日记账；(2分)

(4) 其他账户归入总分类账。(2分)

28. 本题满分 10 分

普通日记账是一种原始记录簿，用来登记那些不能登记在日记账或现金日记账中的经济业务。(2分)

主要有：

(1) 赊购或赊销固定资产；

(2) 冲销坏账；

(3) 纠正分类账中的错误；

(4) 调整分类账户中的预提和预付款项；

(5) 对折旧进行年末调整；

(6) 结账，即将相关账户余额结转至利润表。

【评分说明】(1)—(6)各2分，回答其中任意4个即可。

五、本题包括 29—30 题两个小题，共 20 分。

29. 本题满分 10 分

在不能及时发现错误的情况下，企业同样要编制利润表和资产负债表，所以就产生了一个虚构的余额来平衡报表。此余额被登记在一个账户中，该账户被称为暂记账户。(2分)

暂记账户的作用有：

(1) 当在分类账户中对一笔业务进行登记时，如果不能确定该业务所涉及的账户，可以暂时用暂记账户来代替。(2分)

(2) 暂记账户也可用于正确的分类账户不能确定或不可知时

对业务的登记,待真正的账户其数额被明确了之后,再将相关记录从暂记账户中转至所属正确的账户中。(2分)

【评分说明】考生答出以上理论部分可得满分 6 分,每种作用分别举出实例可得 4 分。

30. 本题满分 10 分

一般地,在每个经营期间的期初,企业要给零用现金出纳员一定的现金量。此现金量用于整个期间现金的支付,期末时,主出纳员将给零用现金出纳员补充现金,使得其余额保持一定水平。这种准备金被称为定额准备金,并形成企业的定额准备金制度。(4分)

定额准备金制度可增强现金使用的安全性。(2分)

【评分说明】考生答出以上理论部分可得满分 6 分,举出实例可得 4 分。

六、本题包括 31—32 题两个小题,共 20 分

31. 本题满分 10 分

(1) 可疑债务准备是指一个企业如果感到不是所有的债务人均能全额偿还债务,则应该建立估计的可疑债务准备。此准备又称为将要冲销的坏账。(2分)

(2) 计提标准:可疑债务准备的估计数额经常根据过去的经验或者贸易组织的建议,按照全部应收账款的一定百分比计提。(3分)

(3) 在资产负债表中,可疑债务准备作为债权项目的减项列示。(3分)

【评分说明】考生答出以上理论部分可得满分 8 分,举出实例可得 2 分。

32. 本题满分 10 分

(1) 对可疑债务准备计提准备是会计核算谨慎性原则的体现。（3分）

(2) 谨慎性原则要求对没有实际实现的预期利润不能确认，但是对于能够预见的损失，则必须进行确认。（3分）

(3) 我国将应提取的疑债务准备称为"坏账准备"，一般按会计期末应收账款或本期赊销数额的一定百分比计提，并在会计期末作为应收账款的减项列入资产负债表中。（4分）

七、本题包括 33—34 题两个小题，共 20 分。

33. 本题满分 8 分

优点：

(1) 计算机的工作速度比人脑快且非常准确；（1分）

(2) 处理大批量的数据；（1分）

(3) 大量数据可以只存储在一张磁盘上；（1分）

(4) 能自动生成和分析报告。（1分）

缺点：

(1) 计算机的软件和硬件价格较高；（1分）

(2) 计算机文件可能会被未授权的人员使用；（1分）

(3) 如果不进行额外调查，就不可能知道业务的发生和形成过程；（1分）

(4) 职工可能不愿意使用计算机。（1分）

34. 本题满分 12 分

决策中质的方面的分析也称为定性分析。这些质的方面随着决策环境的变化而不同。（2分）

影响决策质的方面的因素有：

(1) 客户：客户对企业的认同感，企业与客户的良好沟通会给企业带来巨大的潜在效益；

（2）员工：关闭企业的一个部门，将企业资源重新配置，生产程序发生变化都需要企业员工的配合。

（3）在竞争的市场中，企业的一项提高其竞争力的决策往往会招来竞争者的回击。

（4）法律限制：一项方案可能会因法律法规方面的规定不明确而被放弃。

（5）供应商：企业有时为了能从供应商那里及时地获得原料和商品，常常需要与供应商建立良好的合作关系。

高等教育自学考试中英合作商务管理专业与金融管理专业

《会计学》样卷 No. 10

（考试时间 150 分钟，满分 100 分）

注 意 事 项

1. 样卷试题包括必答题与选答题两部分，必答题满分 60 分，选答题满分 40 分。必答题为一、二、三题，每题 20 分。选答题为四、五、六、七题，每题 20 分，任选两题回答，不得多选，多选者整个选答题部分不给分。60 分为及格线。

2. 考试时间为 150 分钟。

3. 可使用计算器及直尺等文具答题。

4. 计算题应写出公式、计算过程，结果保留 2 位小数（除特别注明外）。

题号	必答题			选答题				总分
	一	二	三	四	五	六	七	
得分								

第一部分 必答题(满分 60 分)

(必答题部分包括第一、二、三题,每题 20 分)

一、本题包括 1—20 题二十个小题。每小题 1 分,共 20 分。在每小题给出的四个选项中,只有一项符合题目要求,把所选项前的字母填在题后的括号内。

1. 资产负债表实质上是反映企业或组织在( )财务状况的报表

   A. 某一特定时刻　　　　　　B. 某一特定时间

   C. 一定期间　　　　　　　　D. 某一会计期间

   【　　】

2. 在设立单独提款账户的情况下,当所有者用企业资金支付电话费时,应作如下处理

   A. 借记提款账户,贷记现金账户

   B. 借记提款账户,贷记银行存款账户

   C. 借记现金账户,贷记提款账户

   D. 借记银行存款账户,贷记提款账户

   【　　】

3. 斯通公司按成本与可变现净值孰低法计算存货价值,资料如下:

商品	成本(英镑)	可实现净值(英镑)
A	4100	4800
B	3200	2600
C	6300	7222
	13600	14600

请选出正确的存货价值

162

A. 13600 　　　B. 14600 　　　C. 15200 　　　D. 13000

【　　】

4. 依据英国会计准则,下列关于折旧的说法不符合该准则的是
   A. 折旧是将成本减去可变现净值的差额在受益期间进行分摊
   B. 通常计提折旧的有效经济年限不少于 10 年
   C. 折旧方法一经确定不得随意变更
   D. 变更折旧方法,影响较大的应在报表附注中予以披露

【　　】

5. 斯通公司本年度股利收益率为 5%,已知该股市场价格为 22 英镑,请问,该股每股支付的股利为
   A. 1 英镑 　　　B. 1.1 英镑 　　　C. 1.2 英镑 　　　D. 2.2 英镑

【　　】

6. 下列指标中,不属于效率比率的是
   A. 资产周转率 　　　　　　　　B. 应收账款周转天数
   C. 存货周转率 　　　　　　　　D. 资产净值率

【　　】

7. 银行存款余额调节表是
   A. 调节银行存款账簿记录的原始凭证
   B. 通知银行更正账项的依据
   C. 查明银行和本单位未达账款情况的表式
   D. 更正本单位银行存款日记账的依据

【　　】

8. 下列各项错误中,其发生会对试算平衡有影响的是
   A. 借贷一方漏记之错 　　　　　B. 替代之借
   C. 原则之错 　　　　　　　　　D. 抵销之错

【　　】

9. 已知斯通公司本年度利润￡50000,期初应收账款是￡4500,应付账款是￡2300,期末应收账款是￡2000,应付账款是￡3200,则经营活动现金净流量是

163

A. £53400   B. £51600   C. £48400   D. £46600

【   】

10. 持续经营是建立在(   )基础上的
    A. 会计主体   B. 应计制(权责发生制)
    C. 一致性   D. 货币计量

【   】

11. 已知 A·阿伦公司本年度利润是£70000,应收款项减少了
    £5000,应付款项减少了£3000,存货减少了£22000,则经营
    活动现金净流量是
    A. £90000   B. £94000   C. £70000   D. £72000

【 A 】

12. 下列不属于标准成本的种类的是
    A. 基本标准成本   B. 理想标准成本
    C. 现实标准成本   D. 可达标准成本

【   】

13. A·阿伦公司属制造企业,下列数据是公司对产品相关情况的
    一些预计:

    单位售价: £120
    单位变动成本: £80
    盈亏平衡点时销量: 30 件

    请计算固定成本总额
    A. £600   B. £1200   C. £2400   D. £3200

【   】

14. 下列成本中,属于与未来决策相关的成本是
    A. 沉落成本   B. 不可避免成本
    C. 历史成本   D. 判别成本

【   】

15. 在下列项目中,属于固定成本的是
    A. 产品包装材料费

164

B. 直接材料成本

C. 按直线法计提的固定资产折旧

D. 直接人工成本

【　　】

16. 一家公司计划年度生产销售甲、乙两种产品,具体情况如下:

(单位:英镑)

	A	B	C	D
销售价格	33	29	26	25
变动成本	19	18	14	15
单位产品人工小时	7	5	4	4

假设四种产品生产和市场需求量相同,而且目前的人力资源状况决定了该公司只能同时生产其中三种产品,则该公司考虑成本效益、不得不停产的产品是

A. D产品　　　B. C产品　　　　C. B产品　　　　D. A产品

【　　】

17. 下列关于现金预算的说法中,不正确的是

A. 编制现金预算,可能提示出现金过剩或现金短缺的可能性

B. 现金预算的编制可以对其他财务计划提出改进建议

C. 现金的收入和支付日期,应当对应于销售和购买发生的日期

D. 现金预算的格式非常类似于现金流量表的格式

【　　】

18. 已知某县政府估计预算年度期初基金余额为£50000,估计预算年度收入£560000,其他财源£40000,预计预算年度支出£420000,其他财源运用为£12000,则预计预算年度期末基金余额为

A. £218000　B. £230000　　C. £190000　.　D. £202000

【　　】

19. 下列投资方案评价方法中,计算时采用逐步测试法的是

A. 净现值法   B. 动态回收期法

C. 内含收益率法   D. 会计收益率法

【 】

20. "应付账款"账户期初余额为£20000,本期增加额为£22000,
期末余额为£12000,则本期减少额为

A. £30000 B. £42000 C. £32000 D. £22000

【 】

请认真阅读下面的案例,然后回答第二、三题。

案例(纯属虚构)

  Stonsy 公司的成立圆了斯通先生的一个公司梦,斯通先生已经为成立这家以生产加工电调器材配件的公司作了几年的准备工作了。凭借他和几位合伙人在西门子公司多年的技术工作经验,目前已经具备了这种实力。公司开业后良好的声誉已经获得许多大公司赞赏,纷纷与 Stonsy 公司签订合同,这也使得 Stonsy 公司能够更迅速地发展自己,公司的财务状况一直很受斯通先生的重视。

  下列试算表是摘自 Stonsy 公司 1999 年 12 月 31 日的分类账:

	借方(£)	贷方(£)
资本 1999.1.1		43680
应收账款	17140	
销售收入		85000
商品采购	80000	
存货 99.1.1	6800	
动力费	4200	
工资	18800	
坏账	860	
坏账准备		320
总务费用	3400	
汽车	28000	
折旧:		
汽车		8200
借款		22000
合计	159200	159200

在编制上列试算表时,下列事项未纳入核算范围

(1)1999.12.31,存货为£39600。

(2)1999.12.31,动力费欠付£620,总务费用欠付£230。

(3)当年汽车折旧按递减余额的20%计提。

(4)有£180坏账被注销,坏账准备按注销坏账扣应收账款的5%计提。

(5)当年借款利息£1300尚未支付。

请你熟悉以上资料,回答下列问题。

得分	评卷人

二、本题包括 21—24 四个小题,共 20 分。

21. 试算平衡表中动力费用、总务费用、借款利息费用的调整(12 分)

得分	

22. 计算折旧费用。(2 分)

得分	

23. 计算本年度应收账款余额。(3 分)

得分	

24. 计算应计提的坏账准备。(3分)

三、本题包括 25—26 两个小题,共 20 分。

25. 编制 Stonsy 公司 1999 年度损益表。(10分)

26. 编制 Stonsy 公司年末资产负债表。(10分)

第二部分　选答题(满分 40 分)

（选答题部分包括第四、五、六、七题，每题 20 分。任选两题回答。不得多选，多选者整个选答题部分不给分）

得分	评卷人

四、本题包括 27—28 题两个小题，共 20 分。

27. 谈谈企业提供会计信息的主要目的和我国会计信息需求的几个层次。(12 分)

得分	

28. 谈谈利润表与资产负债表的关系及对二者格式及使用效果的决定因素(8 分)

得分	

得分	评卷人

五、本题包括 29—30 题两个小题，共 20 分。

29. 简要说明现金流量表所能提供的信息及现金制会计下对利润的主要影响。(10 分)

得分	

30. 简要说明现金流量表的主要编制方法,列举其他经济活动产生的现金流量项目(不少于四项)。(10分)

六、本题包括 31—32 题两个小题,共 20 分。

31. 列举五个会计概念并对其作出定义。(10分)

32. 列举三类财务分析比率并说出其使用者范围。(10分)

七、本题包括 33—34 题两个小题,共 20 分。

33. 列举两种存货记录方法,并指出其含义及特点。(14分)

34. 简要说明存货的组成、显著特征以及期末存货的计价方法(6
分)

参考答案和评分标准　No.10

一、本题包括 1—20 题二十个小题。每小题 1 分,共 20 分。

1. A	2. B	3. D	4. B	5. B
6. D	7. C	8. A	9. A	10. A
11. B	12. C	13. B	14. D	15. C
16. D	17. C	18. A	19. C	20. A

二、本题包括 21—24 题四个小题,共 20 分。

21. 本题满分 12 分

三项费用的调整:

	借方	贷方	
借记动力费用账户	￡620		(2分)
贷记应计费用账户		￡620	(2分)
借记总务费用账户	￡230		(2分)
贷记应计费用账户		￡230	(2分)
借记借款利息账户	￡1300		(2分)
贷记应计费用账户		￡1300	(2分)

22. 本题满分 2 分

折旧费用的计算:

汽车:(￡28000－￡82000)×20％＝￡3960 (2分)

23. 本题满分 3 分

坏账的调整分录如下

借记坏账账户　　　　￡180

　　贷记应收账款账户　　　￡180

应收账款的余额变为:￡17140－￡180＝￡16960 (1分)

172

24. 本题满分 3 分

坏账准备需计提 $5\% \times £16960 = £848$（2 分）

试算表中已经有 $£320$ 的坏账准备余额，因此只需补提 $£528$。
（1 分）

三、本题包括 25—26 题两个小题，共 20 分

25. 本题满分 10 分

Stonsy 公司损益表		1999 年度 （单位：英镑）
销售收入		85000
期初存货	6800	
商品采购	80000	
	86800	
减：期末存货	39600	47200
毛利		37800
动力费	4820	
总务费用	3630	
工资	18800	
坏账	1040	
折旧：		
汽车	3960	
坏账准备	528	
借款利息	1300	34078
净利润		£3722

173

26. 本题满分 10 分

Stonsy 公司年末资产负债表 1999.12.31

	成本（£）	折旧（£）	账面净值（£）
固定资产			
汽车	28000	12160	15840
流动资产			
存货		39600	
应收账款	16960		
减:坏账准备	848	16112	
		55712	
流动负债			
应计费用	2150	2150	53562
			69402
长期负债			
借款		22000	£47402
资本			43680
加:净利润		3722	3722
			£47402

四、本题包括 27—28 题两个小题，共 20 分。

27. 本题满分 12 分

主要目的：

(1) 满足国家宏观经济管理的需要；(2 分)

(2) 满足有关方面了解企业财务状况和经营成果的需要；(2 分)

(3) 满足企业加强内部经营管理的需要。（2 分)

三个层次：

(1) 满足政府宏观调控的需要；(2 分)

(2) 满足投资者进行决策的需要；(2 分)

(3) 满足企业自身经营管理的需要。（2 分)

28. 本题满分 8 分

在 T_1 的资产＝在 T_1 的负债＋在 T_0 的所有者权益＋（收入－费用）（2分）企业的利润可以增加企业的财产，而亏损则会使企业的财产减少。（2分）

决定因素有：

（1）战备因素；（1分）

（2）组织因素；（1分）

（3）环境因素；（1分）

（4）报表的使用者。（1分）

五、本题包括 29—30 题两个小题，共 20 分。

29. 本题满分 4 分

（1）现金流入信息：包括商业贸易产生的货币收入，新股发行或其他形式的长期融资活动产生的现金流入信息，固定资产出售所产生的现金流入信息等。（4分）

（2）现金流出信息：购买固定资产的现金支出，纳税或支付股利产生的现金支出，以及偿还债券持有者及其他长期资金提供者所产生的现金流出信息等。（4分）

现金制会计计算出的利润不遵循配比原则，一些支出可能与过去或未来年度的收益相关，而与当期收益并不相关。（2分）

30. 本题满分 10 分

编制现金流量表的方法有：

（1）利用工作底稿或原始记录来编制；（2分）

（2）利用年终报表信息来编制。（2分）

其他经济活动产生的现金流量有：

（1）投资回报和融资成本。这一项目包括投资和融资所产生的收益和利息。

（2）税项。这是与企业纳税有关的现金流量项目，最常见的是与公司所得税的交纳与返还相关的现金流量。

(3) 资本支出和金融性投资。通常这一项目有两类现金活动：一类与固定资产有关，另一类与购买其他公司股份或相似的投资活动有关。

(4) 收购与处置。这种经营活动不是企业集团常见的可重复性的业务。

(5) 股利分配。股利的分配，依赖于董事会的决定、利润水平等因素，而利息支付却与利润等因素不相关。

(6) 流动性资源管理。为了更好地使资金发挥效用，企业将一些现金资产用于短期投资，如购买短期债券等。

(7) 融资活动。包括发行股票、长期融资收到的现金等。

(8) 年度内现金的增加（减少）。这一项目通过比较资产负债表的现金项目很容易得到验证。

【评分说明】(1)—(8)项各 2 分，回答其中任意 4 项即可。

六、本题包括 31—32 题两个小题，共 20 分。

31. 本题满分 4 分

(1) 货币计量概念。交易只有在其能用货币语言表达时才被会计所记录。

(2) 企业主体概念。企业主体概念是指与企业有关的交易、资产和负债应单独记录。这一原则适用于各种类型的企业，而不管企业是否被确认为独立的法人或是纳税主体。

(3) 历史成本概念。指所有交易均按其成本记录。包括在企业正常经营过程中为使产品或劳务达到其现在的位置和状况所发生的各种支出，任何折旧与价值上的减值均是以这一成本为基础的。

(4) 应计制（权责发生制）。收入与费用应该在其获得或发生时确认，而不是在货币收到或支付时确认，同时，收入应在其发生的会计期间内与其相关的费用相配比。

(5) 复式记账。就是"有借必有贷,借贷必相等"

(6) 收入实现原则。收入只有在以下情况下才可以确认:第一,形成收入的过程实质上已经结束;第二,产品或劳务应收取的款项已可以合理确定。

(7) 会计分期。会计分期是根据持续经营假设得出的,它是将会计主体持续不断的经营活动人为地划分为若干个期间,一般是按年度划分。

【评分说明】(1)—(7)项各 2 分,回答其中任意 5 项即可。

32. 本题满分 10 分

(1) 偿债能力比率:最常见的两个指标是流动比率和酸性测试比率。
对其关注的使用者有:股东、供应商、债权人、竞争对手。

(2) 盈利能力比率:表示的是企业的经营是否令人满意。
对其关注的使用者有:股东、经理层、员工、债权人、竞争对手、潜在投资者。

(3) 效率比率:效率比率的计算结果不应的明确的好坏之分,应该对这些比率作进一步研究,同时考虑比率中潜在的变动因素。
对其关注的使用者有:股东、潜在投资者、竞争对手

(4) 资本结构比率:通常在公司制定具有战略意义的决策而非日常经营决策时被加以考虑。
对其关注的使用者有:股东、债权人、债务人、潜在投资者

(5) 股东权益比率:股东比率说明了企业的经营与其股价以及其他相关项目如股利或流通股股数相比的情况。
对其关注的使用者有:股东、潜在投资者。

【评分说明】

(1) 只简单列出三类比率得 1—3 分。

(2) 列出比率,并对其有一定认识得 4—6 分

(3) 对三类比率进行了详细分析,并对其关注的使用者也进行了描述得 7—10 分

七、本题包括 33—34 题两个小题,共 20 分

33. 本题满分 10 分

(1)永续盘存制是指:企业对各个存货项目要进行连续、完整的记录。该方法使得企业可使用相应的存货流转业务基础进行销售收入和销售成本的配比,即在使用先进先出法或后进先出法下,每批发出的存货都有相应的成本依据。(3 分)

采用永续盘存制的优点有:

① 该方法提供了一种有效的控制;(1 分)

② 当存货数量下降到最低限额之下时,企业可在适当的时间到存货进行补充;(1 分)

③ 对外报送的年度会计报表中的存货价值数额可以根据企业内部管理月报的数额填报列示。(1 分)

(2)实地盘存制:是指在实地盘存制下,企业对其存货的发生不进行连续的记录,而是在期末或年末对存货进行实地盘点确定期末存货数量,然后根据存货单位成本确认期末存货成本。(2 分)

特点:

(1) 在实地盘存制下,企业在采购账户中登记存货的购买,存货账户在期末之前,一直记录的是从上期期末结转来的期初余额(1 分)

(2) 到期末,为编制营业利润表和资产负债表,企业将存货账户的余额调整为结账日应有的金额。(1 分)

34. 本题满分 10 分

(1) 存货一般包括:

① 货物:其将被再次销售。如超级市场购入的食品卖给顾客。(2分)

② 原材料:其组成所生产或组装产品的一部分供销售。如汽车制造商购入的钢材。(2分)

③ 可消费的货物:将其用于企业的经营活动。(2分)

(2) 存货的显著特征是,持有存货的目的在于将其以某种形式再次销售或在相对短的时间内将其消耗。(2分)

(3) 期末存货的计价采用成本与可变现净值孰低法。(2分)

高等教育自学考试中英合作商务管理专业与金融管理专业

《会计学》样卷 No. 11

(考试时间 150 分钟,满分 100 分)

注 意 事 项

1. 样卷试题包括必答题与选答题两部分,必答题满分 60 分,选答题满分 40 分。必答题为一、二、三题,每题 20 分。选答题为四、五、六、七题,每题 20 分,任选两题回答,不得多选,多选者整个选答题部分不给分。60 分为及格线。

2. 考试时间为 150 分钟。

3. 可使用计算器及直尺等文具答题。

4. 计算题应写出公式、计算过程,结果保留 2 位小数(除特别注明外)。

题号	必答题			选答题				总分
	一	二	三	四	五	六	七	
得分								

第一部分 必答题(满分 60 分)

(必答题部分包括第一、二、三题,每题 20 分)

得分	评卷人

一、本题包括 1—20 题二十个小题。每小题 1 分,共 20 分。在每小题给出的四个选项中,只有一项符合题目要求,把所选项前的字母填在题后的括号内。

1. 利润表是反映企业( )的经营成果实现情况的报表

    A. 一定时期   B. 某一会计期间

    C. 某一特定日期   D. 某一特定时间

                                                         【   】

2. 下列账户中,有借方余额的是

    A. 销货退回账户   B. 购货退回账户

    C. 收入账户   D. 所有者权益账户

                                                          【   】

3. 下列论述中,不属于永续盘存制优点的是

    A. 应用该法,在任何时间均可了解到企业存货的数量,便于对存货进行有效的控制

    B. 应用该法,不需再进行实地盘点,省去了不少麻烦

    C. 应用该法,企业可在适当的时间补充存货

    D. 应用该法,可根据企业内部管理日报数额对外报送年度会计报表中的存货价值

                                                          【   】

4. 漏提固定资产折旧,会使当月

    A. 固定资产净值增加,费用增加

    B. 固定资产净值减少,费用减少

    C. 利润减少

D. 费用减少

5. 企业发生过度贸易的原因一般是由于
   A. 管理不善
   B. 该企业销售产品或提供劳务的需求不足
   C. 应收账款,应付账款以及存货增长太快
   D. 企业注册资金不足

【　　】

6. 如果某企业的资产周转率比其竞争对手的资产周转率高得多,
   则可以得出结论
   A. 该企业在资产上的投资过度了
   B. 该企业的资产可能比其他竞争对手高
   C. 该企业的折旧率可能比其竞争对手高
   D. 该企业产品的售价较高,导致销售量较低

【　　】

7. 资产负债表的资产项目的分类和排列依据是
   A. 项目内容的经济性质
   B. 项目内容的流动性
   C. 项目内容的经济性质和流动性
   D. 项目的金额大小

【　　】

8. 已知斯通公司销售给 L·博顿￡500 商品,该发货票未在账内
   进行登记,属于下列错误中的哪一项
   A. 借货一方漏记之借   B. 原则之错
   C. 疏漏之错   D. 原始记录之错

【　　】

9. 下列项目在计算利润时,应予冲减,但不影响经营活动产生的
   现金净流量的是
   A. 应收账款   B. 银行存款

C. 应付账款　　　　　　　　　　D. 存货

【　　】

10. 会计分期前提是建立在(　　)基础上的
    A. 会计主体　　　　　　　　　B. 持续经营
    C. 应计制(权责发生制)　　　　D. 货币计量

【　　】

11. 已知 T·波特公司本年度利润是£60000,应收款项减少了£12000,应付款项增加了£7000,存货增加了£5000,折旧费是£4000,则经营活动现金净流量是
    A. £74000　B. £83000　　C. £78000　　D. £50000

【　　】

12. 已知:(1) 实际数量×实际价格
    (2) 实际数量×标准价格
    (3) 标准数量×标准价格
    (4) 标准数量×实际价格
    其中,数量差异是指
    A. (1)−(2)　B. (1)−(4)　　C. (2)−(3)　　D. (3)−(4)

【　　】

13. T·博顿公司属制造企业,下列数据是公司对产品相关情况的一些预计:

    单位变动成本:　　　　£60
    固定成本总额:　　　　£3200
    盈亏平衡点时销量:　　40 件

    请计算单位售价
    A. £120　　　B. £160　　　C. £140　　　　D. £80

【　　】

14. 下列关于相关成本的说法正确的是
    A. 可以用于其他目的的资源产生的收益不是本项目的相关成本

183

B. 原来用于其他目的的资源若用本项目购置,这一资源的历史成本应该是本项目的相关成本

C. 相关成本和收益是由特定决策导致的未来期间的成本支出和企业收益

D. 接受和拒绝某方案的可避免成本是与决策无关的成本

【　　】

15. 在下列项目中,属于变动成本的是
    A. 研究开发费
    B. 管理人员工资
    C. 按直线法计提固定资产折旧
    D. 按销售量支付的佣金

【　　】

16. 达信公司生产一种新产品,售价是£96,变动成本是£42,单位产品人工小时为7小时,若该公司生产250小时,则创造的边际贡献是
    A. £1500　　B. £1580　　C. £1750　　D. £1650

【　　】

17. 下列关于现金预算表项目的说法正确的是
    A. 现金预算提示的是整个会计期间的现金状况
    B. 折旧费用与预算无关,在现金预算中不被考虑
    C. 当期现金净流量是不考虑前期现金净流量余额影响的当期期末余额
    D. 现金净流量指考虑前期现金净流量余额影响的当期期末余额

【　　】

18. 下列不属于政府及非盈利组织预算编制阶段需要做的工作是
    A. 收入估计　　　　　　　B. 支出估计
    C. 基金余额估计　　　　　D. 预算文件

【　　】

19. 下列投资方案评价方法中,忽视货币时间价值的是
    A. 内含收益率法   B. 动态回收期法
    C. 净现值法   D. 回收期法

【　　】

20. 下列各项中,可以具有历史成本又没有反映在资产负债表上的是
    A. 固定资产   B. 折旧   C. 商誉   D. 无形资产

【　　】

请认真阅读下面的案例,然后回答第二、三题。
案例(纯属虚构)

　　LINKS 是一位成功的个人企业主,他不但勤于经营自己的独资企业 LINKS 专卖店,而且担任本企业的会计,对财务处理得心应手。LINKS 专卖店在曼彻斯特小有名气,在每天川流不息的客户中,有在校学生、公司职员、政府官员等等各种购买群体。无论哪些客户,LINKS 及 LINKS 专卖店的员工们都热诚接待,尽最大可能满足他们的购买要求,从而博得客户的信赖。同时,在 LINKS 本人及众员工的精心管理下,专卖店的财务状况运转也很不错,使得 LINKS 专卖店连续运营两年以来,业务蒸蒸日上,利润也逐年上升。

　　以下试算表是从 LINKS 专卖店 1998 年 12 月 31 日的分类账中摘录的一部分:

	借方(£)	贷方(£)
销售收入		62000
商品采购	50000	
存货 1998.1.1	2400	
照明费	1000	
租金	1800	
家具用品	9200	
家具用品准备 1998.1.1		920
资本		8000

	借方(£)	贷方(£)
交通费	320	
业主提款	5400	
现金	800	
	£70920	£70920

有下列事项需作期末调整

(1) 应计照明费£260

(2) 预付租金£300

(3) 家具用品应计提成本10%的折旧

(4) 当年售出一件家具,售价£150,该家具是于1996.1.1以£200购进的,取得收入贷记销售收入账户

(5) 期末存货价值£3200

(6) £110交通费属业主LINKS的个人开支

设想你是LINKS专卖店的企业主,根据以上资料,回答下列问题。

二、本题包括21—24四个小题,共20分。

21. 填列照明费、租金账户,并结出余额(5分)

照明费账户　　　　　　　　　租金账户

得分	

22. 填列下面两个账户,并结出余额(5分)

家具用品账户   家具用品折旧准备账户

23. 填列下面两个账户,并结出余额。(5分)

家具销售账户   销售收入账户

24. 填列下面两个账户并结出余额。(5分)

交通费用账户   期末存货账户

得分	评卷人

三、本题包括 25—26 题两个小题,共 20 分

25. 编制本年度损益表。(10分)

26. 编制本年年末资产负债表。(10分)

得分

第二部分 选答题(满分 40 分)

(选答题部分包括第四、五、六、七题,每题 20 分。任选两题回答。不得多选,多选者整个选答题部分不给分)

得分	评卷人

四、本题包括 27—28 题两个小题,共 20 分。

27. 列举五个会计假设,并对其作出定义。(10 分)

得分	

28. 列举出两个会计实务中应用的分类账和三个明细账簿。(10 分)

得分	

得分	评卷人

五、本题包括 29—30 题两个小题,共 20 分。

29. 举例说明三类对试算平衡没有影响的错误,并写出更正方法。(12 分)

得分	

30. 简要说明当从客户从取得支票,被银行拒付时,如何进行会计

处理？（8分）

得分

得分	评卷人

六、本题包括 31—32 题两个小题，共 20 分。

31. 列出计算盈亏平衡点的步骤。（10分）

得分

32. 简要说明本量利分析中各因素的关系。（10分）

得分

得分	评卷人

七、本题包括 33—34 题两个小题，共 20 分。

33. 简要说明标准成本法的含义、适用范围以及制定标准成本的
    方法。（8分）

得分

190

34. 如何认识间接生产费用及其发生的原因和引入预定间接生产
费用分配率的原因。（12分）

得分 | |

191

参考答案和评分标准 No. 11

一、本题包括 1—20 题二十个小题。每小题 1 分,共 20 分。

1. B	2. A	3. B	4. D	5. C
6. C	7. C	8. C	9. D	10. B
11. C	12. C	13. C	14. C	15. D
16. C	17. B	18. C	19. D	20. C

二、本题包括 21—24 题四个小题,共 20 分。

21. 本题满分 5 分

照明费账户			
98.12.31	1000	98.12.31 损益	12600
98.12.31 余额	260		
	£1260		£1260

租金账户			
98.12.31	1800	98.12.31 损益	1500
		98.12.31 余额	300
	£1800		£1800

22. 本题满分 5 分

家具用品账户			
98.12.31	9200	98.12.31 销售	200
		98.12.31 余额	9000
	£9200		£9200

家具用品折旧准备账户			
98.12.31	40	98.12.31	920
98.12.31 余额	1780	98.12.31 损益	900
	£1820		£1820

23. 本题满分 5 分

家具销售账户			
98.12.31	200	98.12.31 折旧	40
		98.12.31 销售	150
		98.12.31 损益	10
	£200		£200

销售收入账户			
98.12.31	150	98.12.31 损益	62000
98.12.31 损益	61850		
	£62000		£62000

192

24. 本题满分 5 分

交通费账户			期末存货账户		
98.12.31	320	98.12.31 业主提款	110	98.12.31 损益	3200	98.12.31	3200

交通费账户：
- 98.12.31 320 | 98.12.31 业主提款 110
- | 98.12.31 损益 210
- £320 | £320

期末存货账户：
- 98.12.31 损益 3200 | 98.12.31 3200
- £3200 | £3200

三、本题包括 25—26 题两个小题，共 20 分。

25. 本题满分 10 分

LINKS 公司损益表		1998 年度
	£	£
销售收入		61850
期初存货	2400	
加:商品采购买力	50000	
	52400	
减:期末存货	3200	49200
销售毛利		12650
减:照明费用	1260	
租金	1260	
租金	1500	
家具用品折旧	900	
交通费	210	
销售亏损	10	
净利润		3880
		£8770

26. 本题满分 10 分

<table>
<tr><td colspan="4" align="center">**LINKS 公司资产负债表**   1998. 12. 31</td></tr>
<tr><td></td><td>成本（£）</td><td>累计折旧（£）</td><td>账面净值（£）</td></tr>
<tr><td>固定资产</td><td></td><td></td><td></td></tr>
<tr><td>家具用品</td><td>9000</td><td>1780</td><td>7220</td></tr>
<tr><td>流动资产</td><td></td><td></td><td></td></tr>
<tr><td>存货</td><td></td><td>3200</td><td></td></tr>
<tr><td>预付租金</td><td></td><td>300</td><td></td></tr>
<tr><td>现金</td><td></td><td>800</td><td></td></tr>
<tr><td></td><td></td><td>4300</td><td></td></tr>
<tr><td>流动负债</td><td></td><td></td><td></td></tr>
<tr><td>应计照明费</td><td>260</td><td>260</td><td>4040</td></tr>
<tr><td></td><td></td><td></td><td>£11260</td></tr>
<tr><td>资本</td><td></td><td></td><td>8000</td></tr>
<tr><td>加:利润</td><td></td><td>8770</td><td>3260</td></tr>
<tr><td>减:业主提款</td><td></td><td>5510</td><td>3260</td></tr>
<tr><td></td><td></td><td></td><td>£11260</td></tr>
</table>

四、本题包括 27—28 题两个小题,共 20 分。

27. 本题满分 10 分

(1) 稳健性:指除非能够合理地确认收入实现,否则不能确认收入或收益。企业不应高估资产和收入,但是已经预见或知道的费用、损失或负债却应在预期时就确认。(2分)

(2) 配比:必须将其期间获取的收入与该期间为获取收入而发生的费用相配比。(2分)

(3) 一致性:指会计处理方法应一致地运用于不同的会计期间,除非有本质的变化,否则处理与计价方法不应发生改变。它保证了不同会计期间结果的比较可以正常进行。(2分)

(4) 重要性:一般地,如果其项目没有被揭示,就会导致财务会计报表某种程度上的误导性,那么该项目就是重要的。(2分)

（5）持续经营：假设企业在可以预见的未来将持续经营下去，因而在未来的会计期间内，资产还可以继续使用。（2分）

28. 本题满分 10 分

分类账是：

（1）所有债务人账户归入销售分类账（债务人分类账）；

（2）所有债权人账户归入采购分类账（债权人分类账）；

（3）所有现金和银行存款归入现金日记账，同时可能会有零用现金日记账；

（4）其他账户归入总分类账（名义分类账）。

【评分说明】考生回答出以上任意两项，即可得 4 分。

明细账簿：

（1）销售日记账（登记货物的赊销）；

（2）采购日记账（登记货物和服务的赊购）；

（3）购货退回和销售退回日记账；

（4）现金日记账和零用现金日记账；

（5）普通日记账（登记其他业务）。

【评分说明】考生回答出以上任意 3 项，即可得 6 分。

五、本题包括 29—30 题两个小题，共 20 分。

29. 本题满分 12 分

（1）疏漏之错；

（2）替代之错；

（3）原则之错；

（4）抵销之错；

（5）原始记录之错；

（6）相反记录之错。

【评分说明】

（1）考生能知道以上任意三种错误（1—3 分）；

（2）考生能知道以上任意三种错误并作出相应解释（4—9
分）；

（3）在第（2）点的基础上，考生能举例说明错误更正方法
（10—12分）。

30. 本题满分 8 分

（1）在发生拒付时，该支票应该借记在银行存款栏中，即记在
债务人的账户上。（4分）

（2）此时，企业应该做相反的登记，即在现金日记账的银行存
款栏的贷方和债务人账户的借方分别进行登记。其他获
取现金的方法将不得在不检验的情况下就销账。（4分）

六、本题包括 31—32 题两个小题，共 20 分

31. 本题满分 10 分

【评分说明】

（1）考生简单地回答利润平衡点就是利润为 0 或收入与成本
相交的点。（1—2分）

（2）考生讨论销售和成本。利润平衡点就是销售收入等于总
成本的点，总成本等于固定成本加变动成本。（3—5分）

（3）考生开始讨论边际成本法。但是这种讨论还不完整或还
有一些不准确之处。（6—8分）

（4）详细并准确讨论了边际成本法，即使是不够完美，也可以
得满分。

32. 本题满分 10 分

本量利分析是以各因素之间的关系为基础的：

（1）销售收入等于单位产品售价乘以产品销售数量；（2分）

（2）变动成本总额等于单位变动成本乘以产品销售数量；（2
分）

（3）单位产品销售价格减去单位产品变动成本等于单位边际贡献，单位边际贡献乘以产品销售数量等于边际贡献总额。（2分）

（4）在相关范围内，固定成本总额是固定不变的，它不随业务量的变动而变动。（2分）

（5）利润是销售收入与总成本之间的差额，即如果边际贡献总额大于固定成本总额就会产生利润；如果边际贡献总额小于固定成本总额就会产生亏损，如果二者相等则达到盈亏平衡，即企业既无盈利，也无亏损。（2分）

七、本题包括 33—34 题两个小题，共 20 分

33. 本题满分 8 分

（1）标准成本计算法：是指预选制定标准成本，将实际成本与标准成本相比较，计算成本差异，对成本差异进行因素分析，并据此加强成本控制的一种成本控制系统。（2分）

（2）标准成本计算法最适用于由一系列通用或重复进行的操作组成的作业的生产方式。（2分）

（3）制定标准成本的方法有：
① 根据历史记录来估计人工和材料的消耗量；（2分）
② 以技术分析为基础制定标准。（2分）

34. 本题满分 12 分

（1）间接生产费用需从两方面认识：（4分）
① 应归属哪个账户；
② 应由哪个部门控制。

（2）发生间接生产费用支出的原因有：（4分）
① 与个别生产订单没有直接联系的低值易耗品及零星材料的耗费。
② 为支持生产需要而发生的服务费用。

（3）引入间接费用分配率的原因有：(4分)
① 产品计价和分配计算成本的需要，尤其是在某批产品在会计期中完工的情况下，
② 为了避免各月间分配率的大幅波动，提高各期成本的可比性。

高等教育自学考试中英合作商务管理专业与金融管理专业

《会计学》样卷 No. 12

（考试时间 150 分钟，满分 100 分）

注意事项

1. 样卷试题包括必答题与选答题两部分，必答题满分 60 分，选答题满分 40 分。必答题为一、二、三题，每题 20 分。选答题为四、五、六、七题，每题 20 分，任选两题回答，不得多选，多选者整个选答题部分不给分。60 分为及格线。

2. 考试时间为 150 分钟。

3. 可使用计算器及直尺等文具答题。

4. 计算题应写出公式、计算过程，结果保留 2 位小数（除特别注明外）。

题号	必答题			选答题				总分
	一	二	三	四	五	六	七	
得分								

第一部分 必答题(满分60分)

(必答题部分包括第一、二、三题,每题20分)

得分	评卷人

一、本题包括1—20题二十个小题。每小题1分,共20分。在每小题给出的四个选项中,只有一项符合题目要求,把所选项前的字母填在题后的括号内。

1. 下列关于收入的理解,不正确的是
   A. 它与商品和劳务的销售有关
   B. 收入包括现金、应收款项的总流入
   C. 收入可以在形成收入的过程实质上完成时确认
   D. 应能够合理确定产品和劳务的应收取款项

   【   】

2. 比特尔公司是一家以经营食品为主的零售店,当年交易中,属于提款的是
   A. 购买店铺　　　　　　　　B. 购买货车
   C. 购买冰箱　　　　　　　　D. 购买洗衣机

   【   】

3. 企业期末存货的计价采用的方法是
   A. 成本法　　　　　　　　　B. 市价法
   C. 可变现净值法　　　　　　D. 成本与可变现净值孰低法

   【   】

4. 国际会计准则4规定:折旧会计中,有关应计折旧资产说法不符合准则的是
   A. 预计使用年限超过一个会计年度
   B. 具有有限的使用年限
   C. 应计折旧资产仅指企业用于生产或提供商品或劳务的资产

200

D. 土地不应包括在应计折旧资产的范围内

5. 下列对过度贸易理解不符合其特征的是　　　　　　　　　【　　】
   A. 销售量明显增加　　　　　　B. 资产负债率较高
   C. 毛利率较低　　　　　　　　D. 越来越依赖于短期负债

6. 已知 T·波特公司 19×× 年度产品销售成本为￡260000,期初
   存货为￡50000,期末存货为￡80000,该公司存货周转天数为
   (一年按 360 天计算)　　　　　　　　　　　　　　　　　【　　】
   A. 30 天　　　　B. 90 天　　　　C. 60 天　　　　D. 120 天

7. 已知 T·波特公司 19×× 年度长期负债为￡150000,流动负债
   为￡50000,会计期初股本为￡400000,留存收益是￡100000,
   请计算借款净值率　　　　　　　　　　　　　　　　　　【　　】
   A. 20%　　　　B. 30%　　　　C. 40%　　　　D. 50%

8. 已知斯通收到 T·波特公司开出￡800 的支票支付货款,贷记
   在 T·波特账户,属于下列　　　　　　　　　　　　　　【　　】
   A. 抵销之错　　　　　　　　　B. 原始记录
   C. 相反记录之错　　　　　　　D. 替代之错

9. 已知斯通公司本年度利润￡40000,期初存货￡15000,期初应
   付账款￡4300,期末存货￡11000,期末应付账款￡3100,固定
   资产计提折旧￡1000,则经营活动现金流量是　　　　　　【　　】
   A. ￡43800　　B. ￡38200　　C. ￡35800　　D. ￡46200

10. 在物价不断上涨的情况下,对存货采用后进先出法进行计价
    是依据的要求
    A. 稳健性　　　　　　　　　　B. 一致性

C. 历史成本计价   D. 重要性

【　　】

11. 丹托公司本年度经营活动现金净流量是£81000,本年度应收款项减少了£12000,应付款项增加了£7000,存货增加了£5000,折旧费用是£4000,则可推断出该公司本年度利润为

    A. £59000   B. £63000   C. £68000   D. £41000

【　　】

12. 已知:(1) 实际数量×实际价格

            (2) 实际数量×标准价格

            (3) 标准数量×标准价格

            (4) 标准数量×实际价格

    其中价格差异是指

    A. (1)−(2)   B. (1)−(4)   C. (2)−(3)   D. (3)−(4)

【　　】

13. 丹托公司本年度预计销售量 8000 件,企业安全边际率是 25%,请计算盈亏临界点销量

    A. 2000 件   B. 4000 件   C. 6000 件   D. 8000 件

【　　】

14. 在最佳经营状态下,企业可能达到的最低标准成本是

    A. 基本标准成本   B. 理想标准成本

    C. 可达标准成本   D. 现实标准成本

【　　】

15. 下列各说法中,哪一项不属于变动成本法与完全成本法的区别的是

    A. 生产费用在完工产品与在产品之间分配方法上的区别

    B. 产成品和在产品在存货估价上的区别

    C. 成本类别的划分和产品成本包含的内容方面的区别

    D. 盈亏计算上的区别

【A　】

16. 宏信公司生产一种新产品,售价是£118,变动成本是£69,单位产品人工小时数是 7 小时,若该公司人力资源有限,向外雇佣工人单位成本是£2.2,该公司盈亏平衡点的成本是

    A. £10.6   B. £9.2   C. £8.4   D. £7

                                                 【   】

17. 下列关于预算的有关说法正确的是

    A. 资源预算与现金预算编制的会计基础相同

    B. 利润预算与现金预算编制的会计基础相同

    C. 资源预算与利润预算编制的会计基础相同

    D. 以上三种预算编制的会计基础都不一样

                                                 【   】

18. 下列说法中,不属于边际计算的局限性的是

    A. 固定成本必须要补偿

    B. 与一般会计惯例相冲突,不适于企业的会计公开

    C. 实务中人们偏好使用完全成本

    D. 常常高估存货

                                                 【   】

19. 下列投资方案评价方法中,忽视了收回投资后产生的现金流量的是

    A. 会计收益率法   B. 净现值法

    C. 回收期法   D. 内含收益率法

                                                 【   】

20. 已知 Safeway 公司为 London 证券交易所上市公司,已知该股本年度中期报告为每股收益 0.50 英镑,估计下半年收益应为上半年的两倍,同时又知该股在二级市场的价格为 30 英镑,试计算本年度市盈率

    A. 60   B. 20   C. 30   D. 15

                                                 【   】

请认真阅读下面的案例,然后回答第二、三题。

案例(纯属虚构)

汤姆和索娅夫妇在 1996 年 1 月 1 日宣布成立了 Suntrent 洗染店,该店经营各种衣料的干洗、上色、保养业务。该店座落于伦敦市的一条很繁华的街道上,由于地理位置好,服务细致周到,许多客户不惜多走几步路来 Suntrent 洗染衣物。

下列固定资产是 Suntrent 洗染店于 1996 年 1 月 1 日购进使用的。

	年份	成本估计(£)	使用期结束时的预计残值(£)
房屋	50	55000	5000
设备	10	8000	800
汽车	10	1000	400

房屋和设备采用直线法计提折旧,汽车采用余额递减法计提折旧,折旧率为 20%。

在 1998 年 12 月 1 日,以 £6000 售出汽车,同时以 £1600 售出一台价值为 £2000 设备,假设售出设备在购买日的估计残值为 £200,假设在购买年度全年计提了折旧,而在出售年度未提折旧。

设想你作为 Suntrent 洗染店的会计,请回答下列问题。

得分	评卷人

二、本题包括 21—24 题四个小题,共 20 分。

21. 折旧的含义是什么?计提折旧的原因是什么?(4 分)

得分	

22. 确定在计算固定资产折旧时所包含的各个因素。（4分）

23. 列出资产账户。（6分）

24. 列出折旧准备账户。（6分）

三、本题包括 25—26 题两个小题，共 20 分。

25. 列出资产销售账户。（6分）

26. 列出 1998 年度损益表和 1998 年年末资产负债表（涉及到本题部分）。（14分）

第二部分 选答题(满分 40 分)

(选答题部分包括第四、五、六、七题,每题 20 分。任选两题回答。不得多选,多选者整个选答题部分不给分)

得分	评卷人

四、本题包括 27—28 题二个小题,共 20 分。

27. 简述政府及非营利组织的常用预算模型,以及预算编制阶段需要做的各项工作。(8 分)

得分	

28. 列举三类综合预算,并解释其含义及各自的特点(12 分)

得分	

得分	评卷人

五、本题包括 29—30 题两个小题,共 20 分。

29. 简述成本差异、成本分析的含义及差异分析的目的。(6 分)

得分	

30. 写出差异计算的通用公式,推导出直接材料成本差异及直接人工成本差异的公式,并分析其成因。(14分)

六、本题包括 31—32 题两个小题,共 20 分。

31. 谈谈电算化系统生成"好"的信息应具备的特征。(5分)

32. 列举五个现金日记账登记中的特殊业务,并予以解释说明。(15分)

七、本题包括 33—34 题两个小题,共 20 分。

33. 比较分析完全成本法的局限性和边际成本计算的局限性。(12分)

34. 列举出三类财务分析使用者及其对企业基本信息的兴趣所在。（8分）

208

参考答案和评分标准　No. 12

一、本题包括 1—20 题二十个小题。每小题 1 分，共 20 分。

1. B	2. D	3. D	4. C	5. B
6. B	7. A	8. C	9. A	10. A
11. B	12. A	13. C	14. B	15. A
16. B	17. C	18. D	19. C	20. B

二、本题包括 21—24 题四个小题，共 20 分。

21. 本题满分 4 分

折旧指在使用寿命内，对由于使用时间流失或技术市场变化而陈旧引起的磨损、耗费或其他价值减少的计量(2分)

计提折旧的原因

(1) 为了实现当期收入和费用的配比。(1分)

(2) 为了保持企业持续生产经营的能力。(1分)

22. 本题满分 4 分

(1) 资产的成本(1分)

(2) 在企业的预计使用寿命(1分)

(3) 在使用期末按现值计算的预计残值(1分)

(4) 资产在企业的计划使用方式(1分)

23. 本题满分 6 分

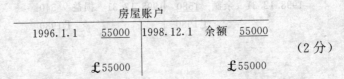

房屋账户		
1996.1.1　55000	1998.12.1　余额　55000	
		(2分)
£55000	£55000	

209

汽车账户

1996.1.1		10000	1998.12.1	销售	10000	（2分）
	£10000				£10000	

设备账户

1996.1.1		8000	1998.12.1	销售	2000	
			1998.12.31	余额	6000	（2分）
	£8000				£8000	

24. 本题满分 6 分

房屋折旧准备账户

			1996.12.31		1000	
			1997.12.31		1000	
1996.12.31	余额	3000	1998.12.31	损益	1000	（2分）
	£3000				£3000	

汽车折旧准备账户

			1996.12.31		2000	
1997.12.31	销售	3600	1997.12.31		1600	（2分）
	£3600				£3600	

设备折旧准备账户

			1996.12.31		720	
			1997.12.31		720	
1998.12.1	销售	400				
1998.12.31	余额	1580	1998.12.31	损益	540	（2分）
	£1980				£1980	

210

三、本题包括 25—26 题两个小题，共 20 分。

25. 本题满分 10 分

汽车销售账户

1996.12.1	资产	10000		1998.12.1	现金	6000	
				1998.12.1	折旧	3600	
				1998.12.1	损益	400	（5分）
		£10000				£10000	

设备销售账户

1998.12.1	资产	20000		1998.12.1	现金	1600	
				1998.12.1	折旧	360	
				1998.12.31	损益	40	（5分）
		£20000				£20000	

26. 本题满分 10 分

Suntrent 公司损益表　　1998 年度

	£
房屋折旧	1000
设备折旧	50
汽车销售损失	400
设备销售损失	40
	£1,980

（5分）

Suntrent 公司资产负债表　　1998,12,31

	成本（£）	折旧（£）	账面净值（£）
固定资产			
房屋	55000	3000	52000
设备	6000	1580	4420
	£61,000	£4,580	£56,420

27. 本题满分 10 分

政府及非营利组织常用预算模型:

估计预算年度期初基金余额+估计预算年度收入及其他财源
=预计预算年度可供利用的财源-预计预算年度支出(拨款)
及其他财源运用=预计预算年度期末基金余额。(2 分)

预算编制阶段需要做的各项工作主要有:

(1) 收入估计;(2 分)

(2) 支出估计;(2 分)

(3) 其他收支估计;(2 分)

(4) 预算文件。(2 分)

28. 本题满分 10 分

(1) 现金预算,即预计的现金流量表,用来揭示现金过剩或现金短缺的可能性,便于企业合理调配现金。(3 分)

其特点是:

① 现金的收入和支付并不是销售和购买发生的日期。(1分)

② 现金预算对不影响现金流量的项目不予考虑。(1 分)

③ 涉及到资本流入的现金和有关现金流出的项目都应在现金预算中体现。(1 分)

(2) 利润预算,即预计的利润表。(1 分)

其特点是:按照权责发生制的会计观念编制,体现的是收入和与取得收入相关的费用的配比。(1 分)

(3) 资源预算,即预计的资产负债表。(1 分)

其特点是:按照权责发生制的会计观念编制,体现的是收入和与取得收入相关的费用的配比。(1 分)

五、本题包括 29—30 题两个小题,共 20 分。

29. 本题满分 6 分

(1) 成本差异指实际成本与标准成本之间的差额。(2 分)

(2) 差异分析是指将差异细分的过程,即把标准成本系统中所产生的各项差异分解成不同的组成部分。(2 分)

(3) 差异分析的目的是寻找实际成本脱离标准成本的原因并提供给管理当局,以便改善经营,提高效率,充分利用资源并降低成本。(2 分)

30. 本题满分 14 分

成本差异计算的通用公式为:(2 分)

(1) 实际数量×实际价格

(2) 实际数量×标准价格   (1)-(2)=价格差异

(3) 标准数量×标准价格   (2)-(3)=数量差异

直接材料成本差异的计算公式为:(2 分)

(1) 实际价格×实际用量

(2) 标准价格×实际用量   (1)-(2)=材料价格差异

(3) 标准价格×标准用量   (2)-(3)=材料耗费差异

直接材料成本差异形成的主要原因:

(1) 材料的实际价格脱离标准价格的差异,即材料价格差异;

  (2 分)

(2) 材料的实际数量脱离标准数量的差异,即材料耗费差异。

  (2 分)

直接人工成本差异公式:(2 分)

$$
\left.
\begin{array}{l}
(1)\text{实际工资率×实际工作} \\
\quad\ \ \text{时数} \\[6pt]
(2)\text{标准工资率×实际工作} \\
\quad\ \ \text{时数} \\[6pt]
(3)\text{标准工资率×标准工作} \\
\quad\ \ \text{时数}
\end{array}
\right.
$$

(1)－(2)＝直接人工工资率差异

(2)－(3)＝直接人工效率差异

形成原因：

① 直接人工价格差异是由于实际支付的小时工资率,脱离预定的标准工资率而形成的差异,又称直接人工工资率差异。（2分）

② 直接人工数量差异是由于实际耗用的人工工时脱离预定的标准工时而形成的差异,又称人工效率差异。（2分）

六、本题包括 31—32 题两个小题,共 20 分。

31. 本题满分 5 分

(1) 准确;(1分)

(2) 及时;(1分)

(3) 适当的精确度;(1分)

(4) 简明;(1分)

(5) 经济;(1分)

(6) 用适当的方式与适当的人沟通。(1分)

【评分说明】以上 6 项,考生写出其中 5 项得满分,每少一项扣一分。

32. 本题满分 15 分

【评分说明】

每写出一项正确业务得 1 分,解释正确得 2 分,本参考答案只

列出其中 5 项业务。现金日记账登记的特殊业务有:

(1) 银行存款和现金之间的业务,将现金存入银行时,就需要在现金账户的贷方和银行存款账户的借方分别进行登记,即在现金栏的贷方和银行存款栏的借方进行登记。(4分)

(2) 收到的现金立即存入银行,此业务可以直接记入银行存款栏中。

(3) 收到的支票没有立即送存银行,即使这些支票放在现金的保险柜中,也不能当作现金支付,应将他们记录在银行存款栏中,尽快送存银行。

(4) 将资金从一个现金日记账中转到另一个现金日记账中,应做的记录是贷记现金栏或银行栏,另一方记录在零用现金日记账中。

(5) 银行集体清算债权,是指存在另一个银行但应记入企业自己银行存款账户上的现金数额,应登记在银行栏的借方。

七、本题包括 33—34 题两个小题,共 20 分

33. 本题满分 12 分

完全成本法的局限性:(6分)

(1) 由于间接生产费用采用一定的分配方法分摊到产品,因而掺杂了计算上的人为因素,不十分准确;(2分)

(2) 未销售的产品存货中包含一部分固定间接费用,利润的多少和销售量的增减不能保持相应的比例,不易为管理部门所理解;(2分)

(3) 由于完全成本法不区分固定成本与变动成本,不便于成本责任的归属和业绩的评价。(2分)

边际成本计算的局限性:(6分)

(1) 低估存货;

（2）实务中人们偏好使用完全成本；

（3）固定成本必须要补偿，不可忽视；

（4）与一般会计惯例相冲突，不适于企业的会计公开，最好用于管理会计的目的。

【评分说明】答出（1）、（3）、（4）项者可得满分。

34. **本题满分 8 分**

（1）投资者基本需求的信息有：盈利能力、管理效率、投资收益（就本企业而言，或与其他投资机会相比）、承受的风险（财务风险、经营风险）、所有者回报（股利、提款等）。

（2）长期贷款者基本需求的信息有：风险（尤其是财务风险）、抵押物（特定资产的可变现净值）、利息倍数（利润是他们利息的多少倍）。

（3）职工基本需求的信息有：盈利能力（为了订立雇佣合同而计算的员工人均利润）、流动性（未来盈利趋势）。

【评分说明】答案只给出以上三项，但不限于以上三项。答对三项者得满分，每少答一项扣 3 分。